唐力

真善美
中國瑜伽學會

心灵随笔

TANGLI
XINLING SUIBI

唐力 — 著

Krishna-das

羊城晚报
出版社
· 广州 ·

图书在版编目（CIP）数据

唐力心灵随笔 / 唐力著. —广州：羊城晚报出版社，2015.9

ISBN 978-7-5543-0234-7

Ⅰ．①唐…　Ⅱ．①唐…　Ⅲ．①随笔—作品集—中国—当代　Ⅳ．①I267.1

中国版本图书馆CIP数据核字（2015）第209808号

**唐力心灵随笔**
Tangli Xinling Suibi

| | |
|---|---|
| 策划编辑 | 朱复融 |
| 责任编辑 | 朱复融　吴　娟　黄捷生 |
| 责任技编 | 张广生 |
| 装帧设计 | 友间文化/黄新乐 |
| 责任校对 | 麦丽芬 |
| 出版发行 | 羊城晚报出版社 |
| | （广州市天河区黄埔大道中309号羊城创意产业园3-13B |
| | 邮编：510665） |
| | 网址：www.ycwb-press.com |
| | 发行部电话：（020）87133824 |
| 出 版 人 | 吴　江 |
| 经　　销 | 广东新华发行集团股份有限公司 |
| 印　　刷 | 佛山市浩文彩色印刷有限公司（佛山市南海区狮山科技工业园A区） |
| 规　　格 | 889毫米×1194毫米　1/32　印张6.5　字数120千 |
| 版　　次 | 2015年9月第1版　2015年9月第1次印刷 |
| 书　　号 | ISBN 978-7-5543-0234-7/I·239 |
| 定　　价 | 50.00元 |

# 序一

宋光明

细读品味《唐力心灵随笔》，不由得肃然起敬！在瑜伽遍地但不知瑜伽为何物的今天，以心灵随笔的方式直言瑜伽灵性的本质，振聋发聩。凡瑜伽习练者不可不人手一册，非为字里行间的智慧，实求灵觉苏醒的共鸣！

我们都是迷路之人，故乡成梦，点灯外寻。一世一世的蹉跎，却听不见奎师那的笛声。我们都是自负之人，有过遮蕴，功败垂成。一世一世的暗室，却点不亮茹阿玛的明灯。

若说中国的瑜伽从何时起，实在是灵觉高歌时才能说开始！

本书有典故，有趣闻，有隐喻，有哲谈，读之饶有兴味。很多章节看似信手拈来，实则巧心穿珠。尤其是灵觉起步的次第，去感观欲求，观自己过失，信靠真理，皆可付之于行。比如"活着就是利益他人"

章节，设立根本人生观，凡人贤人皆须如此。凡人纯粹利己者，不康不昌不寿。于是凡人也需有利他的投射对象，或家庭或子女或产业，然这些对象虚幻不实，时过境迁，家庭会分解子女会远去产业会落他人手，凡人沉沦苦海泅出无方。所以有病之人实因人生的愁苦而生自毁的内在驱动。所以，先求生命的品质再论生命的长度。生命品质的三要素：内在圆满，五官健全，利他行为。若想由凡人转入贤人，从利他言行开始；若想由外瑜伽进入内瑜伽，从读这本书开始。

开卷有益，读后有感！

2015年6月

（宋光明，国际瑜伽指导师，国家高级瑜伽教练、一级健身教练，美国催眠协会催眠师）

# 序二

朱复融

　　《唐力心灵随笔》是唐力先生继《大自然启示录》、《人生指南录》等随笔集之后，系统性写就的一本以瑜伽为表述主体的心灵启示录。身为当代素食文化与瑜伽健体运动的开拓者之一，唐力先生自20世纪80年代就开始推广瑜伽修炼方面的工作。他结合瑜伽禅修与健康生活两大领域的经验，将瑜伽思想与现代心理学、健体学结合，并将灵性修行落实在人们生活的细节中。如今，人们越来越关注生活品位和质量，瑜伽也逐步衍化、发展成为一种时尚健身运动，有明显的实用性特点，这也是人们喜爱力量、减肥、塑身、睡眠、香薰、普拉提等瑜伽运动的重要原因。瑜伽不论是对健康、对运动、对生活来说，已渐渐地走进每一个人的生活，已成为一个时尚的标签，成为一种健康、美丽、环保、和谐的生活方式，更是21世纪新的生活态度。

　　阅读《唐力心灵随笔》这本书，如同

与自己最亲近之人给予你善乐的精神抚慰，语言充满灵性，非常平易地表达出瑜伽灵修奥义，书中所提到的各类在修行中遇到的问题，作者都能够给予回答。书中引用了许多《博伽梵歌》经典神话故事中的内容，是虔敬心灵之作。这些文字，可以帮助读者进一步了解和修习瑜伽这一古老的生命科学。使我们在通过修行者的人生故事与觉醒历程中，找到了包容万物的心灵力量：哀伤、寂寞、羞惭、欲望、悔恨、愤怒、贪念、沮丧、快乐，以及宁静，疗愈世间千疮百孔的心灵，帮助我们觉醒，体悟生命的意义，同时获得深广、善慧的力量与崭新的视野，及充满了东方智慧对生命所产生的深深信任。那些穿插于文中的哲思短语以及个人实修的深刻感悟及练习题项，简要地阐明了瑜伽用现代修习的方法和过程，让我们能在体悟中自修自学，快捷受益。也让我们克服生活中的种种业障，体会心中的污浊被洗涤后清纯的平静，去追求心灵的成长，去体验更多的喜悦，过一种富有意义、和谐而丰盛的生活。书中文章以个人的瑜伽体验及历史经典瑜伽故事为主，文笔流畅，简短精致，言简意赅，具有生活的哲思。其主题中"甘于奉献社会、乐于帮助他人"的精神对读者有较好的引导与启发作用。

2015年6月写于世界第一个瑜伽日

（朱复融，诗人，独立书评人，羊城晚报出版社总编辑助理兼艺术总监）

# 目 录

**第一辑**

## 瑜伽真谛

第二辑

## 瑜伽真德

## 欲望真启

第四辑

# 素食真经

# 瑜伽真谛

瑜伽是一面镜，它可以照亮人的心境，每一个生命在解读着心灵的密码，记录着过往的流年。

## 第 1 篇

# 瑜伽的历史与起源

　　《博伽梵歌》既是一部对生活充满启示的古老典籍，也是世上最古老的瑜伽典籍，据说当年用梵文写成。《博伽梵歌》经典神话故事以有关瑜伽文化的内容为题材，是虔敬心灵之作。这些文字，可以帮助我们进一步了解和修习瑜伽这一古老的生命科学。

　　瑜伽的梵文词是"yoga"，意思是"与……连接、结合"。"瑜伽"一词梵文的意思是"连接"，《韦达经》把至尊者称为"瑜伽的至高主人"。瑜伽的主要典籍《博伽梵歌》认为，瑜伽的终极目标是要个体灵魂和至尊者联系。整个瑜伽体系可以比拟为一架梯子，它引领人们上升至最高层面的灵性完美。这把梯子的第一级是"阴阳瑜伽"，操练种种体位法，好使人能控制感官，达到心意平衡。"思辨瑜伽"则涉及从哲学上询探灵性的本质。当思辨瑜伽发展至以种种物理上的途径中的至尊者时，便有"八步瑜伽"之称。人随着瑜伽梯子拾级而上，便会遇到"王者瑜伽"、"业报瑜伽"、"调息瑜伽"等阶层。《韦达经》指出奉爱瑜伽——即对至尊爱心奉献的瑜伽，是这架梯子最高的一级。瑜伽的登峰造极就是奉爱瑜伽。它包括了瑜伽梯子上各阶各层的瑜伽。奎师那（Krishna）在《博伽梵歌》中说："长住于我，虔极信笃，以超然的爱心服务崇拜我，瑜伽师而如此，高贵无比；通过瑜伽，跟我在一起，关系最密切。"

按照现代书籍记载，瑜伽有5000多年的历史，是从印度传到世界各地；但据瑜伽经典《博伽梵歌》记载，瑜伽从有宇宙世界的产生就同时存在了，这就好像一部电视机的诞生出厂随之要有电视机使用说明书一样。使用说明书告诉你应该怎样按钮，哪个钮不能按，否则电视机很容易就弄坏了。同样道理，瑜伽经典《博伽梵歌》也是伴随着宇宙同时诞生的。只不过，以前人类学习是通过口传心授就能记忆。瑜伽经典就是教育世人什么事情应该做，什么事情不该做，人应该通过健康的生活方式修炼瑜伽，达到身心灵的健康、快乐。《博伽梵歌》这部瑜伽经典最近也被翻译成中文，在全国书店有售，它是由瑜伽之父奎师那直接传授的。奎师那被世人誉为最有吸引力的人，最完美的瑜伽师，故他传授的瑜伽知识也是完美的。奎师那传授了他的学生，他的学生又将此知识不增不减地传授下去，这样一代一代相传至今有5000多年历史了，这叫作瑜伽师徒传系。一个好的瑜伽师好比一个邮差使者，邮差的工作就是将信件原封不动地传给客户，他不会拆开信封加减内容，故现在我们学习瑜伽时，应咨询一下你的瑜伽老师，你的瑜伽知识动作是从哪个老师、哪个源头学习来的，一定要追踪到知识的源头是否正宗、正确、完美，因为所有的知识都有个源头，这一点对现代人学习瑜伽很重要，否则差之毫厘，谬以千里。

崇高的思想意味他们都有一颗造福他人的心态，愿把瑜伽带给人类身心灵健康快乐的生活方式传授给别人，这也是学习瑜伽的本意及完美瑜伽师的魅力所在。就像电视机发明创造就是希望给人类带来资讯和娱乐；同样，瑜伽的创造就是希望提供一个人健康快乐生活的指南。

·第 2 篇·

## 瑜伽论宇宙观

当一个人有了灵性视觉的时候，他自然能够有一个自控的心意，反之即不可能。《博伽梵歌》一书中说：灵性天空里有着无数灵性的星体，这些星体的数目远远超过了物质天空的所有星体的总和。物质世界大约是创造的四分之一，物质世界这部分有数亿万宇宙，数以亿计的日月星辰，但整个物质创造也只不过是整个创造的片断而已。

孩子问爸爸，火车是什么？爸爸告诉孩子去火车经过的地方看，孩子回来告诉父亲，火车就是"呜呜"声叫，父亲再告诉孩子去到铁路附近仔细留心地看。孩子回来告诉父亲，火车就是每天定时定刻地在转来转去。父亲再告诉孩子去到火车总站处上火车去看。孩子回来告诉父亲，原来火车里面有许多人，许多物，分别在不同的卡座——一等，二等，三等的车厢中，最重要的是原来火车是有一个火车司机驾驶它才会转来转去的。

我们都认为地球是平的，是静止的。因为我们平常感觉不到地球每分每秒的转动，后来才知道地球是在有规律地转来转去的。就像开始孩子看火车一样。所以我们地球人看月球或月球人看地球，以为就是这样本身转来转去，后来才知道里面是有人，及有控制者。

就算一间房子，你进去时没有看见有人，但是里面布置得井井有条，干干净净，灯光明亮，流水有声，我们都知道房间是有人在打扫，管理的，不然上述一切不会自然产生。同样道理，宇宙把各星系分布得有条不乱，运行有序，阳光普照，雨水降临。试想一下，我们房间的电灯，如果我们不去控制，它是不会自动开关的。那电灯电源的源头——太阳难道就是自动日出日落的吗？瑜伽把宇宙分为三界，即高、中、低三个星系。地球属于中等星系。当然有比地球更高的高等星系，也有比地球更低的星系。美国称多年前到过月球，但未发现月球有生命，这是不可能的。好比你从美国来到中国的一个大沙漠，在沙漠里找了几天几夜找不到人，然后就回去美国讲，这个国家没有人存在，这个结论是不成立的。瑜伽看宇宙，看各星系都是有生命的。好比人类不可能在水里，河里，大海里生活。但水里，河里，大海有鱼的生命，鱼适合在水里生存。同样，人类不可能在太阳系生存，但那里肯定有适合那里环境的生物生存。

故瑜伽之父奎师那说："谁看到处处有生物存在，谁看到一切运作活动有更高能力进行时，谁就看到了真相。"

## 第 3 篇

## 瑜伽论世界观

我们如今已经那么习惯于令人眼花缭乱的物质感官娱乐，所以很难有可能放弃什么。它在方法上先由默想控制了呼吸，达到一种精神境界，宇宙万事万物的知觉逐渐消失，最后心灵完全失去主观客观的对立感，进入浑然的真空状态。

猎人见到森林，渴望打更多猎物回家就开心了；商人见到森林，渴望砍倒更多树木回去就开心了；修行人见到森林，渴望好好放松身心，专心修行就好了。以上所见的森林就是代表了世界。三类不同人物代表了物质世界的基本构造，即是由三种属性构成了物质自然世界。物质自然三种属性分别是愚昧形态，情欲形态，善良形态。猎人代表了愚昧形态，因为他以伤害大自然生物为己所乐。商人代表了情欲形态，因为他得到了会很高兴，失去又会很难过，情绪大起大落的。修行人代表了善良形态，因为他代表了追求自我觉悟。综观世界所有事物都是在此三类形态下发生或三类形态的混合物，好比食物，善良形态的食物滋养，甜而多汁，美味可口，使人壮健，延年益寿。情欲形态的食物太苦、太酸、太咸，刺激等还带来痛苦的食物。愚昧形态的食物腐烂、淡而无味、不清净，坏臭等令人生病的食物。居住，善良形态的居住以空气清新、靠山靠水、田园为主；情欲形态的居住以闹市、密集型、高楼大厦为主；愚昧形态的居住，以邻近赌场、妓院、废旧不洁之地为主。穿着，善良形态的人以纯棉为主；情欲形态的人以古怪新潮为主；愚昧形态的人以动物的皮为主。布施，善良形态的人在恰当的时候向恰当的人在恰当的地方作出布施出于爱而且没有图报心态；情欲形态的人布施是期望回报的；愚昧形态的人在不恰当的时间、地方向不应得的人布施，或抱着不尊重的心态。以上仅从衣吃住行几方面来分析说明，但实际这三种物质自然形态是遍存整个世界，包括了你工作的种类、你看的东西、听的声音、讲的话语、生育、出生、死亡、快乐、活动、品性、知识等等。

学习瑜伽就是通过知识认识到物质世界的三种形态，然后通过日常修为逐步地修炼自己，把这三种形态作为做人处世的借镜，把自己的一切提升到善良形态。如果我们选择了善良形态的生活方式，这一生当然善始善终了。故瑜伽之父奎师那说过，通过修习瑜伽，把九个躯体之门（两眼、两耳、两个鼻孔、口、生殖器、肛门）运用到善良形态的位置上，内外洁净就是人生善良的境界了。

## 第 4 篇

# 瑜伽论人生观

瑜伽是一面镜，它可以照亮人的心境，每一个生命在解读着心灵的密码，记录着过往的流年。在这个年代中，谁能完全避免从事社会活动呢？我们必须按照原则检测自己，以确定我们练瑜伽真正取得了成就。

据《韦陀经》记载，地球有生命的从天上飞的鸟类、水中游的鱼类到陆地走的生物等飞禽走兽（包括动的或不动的植物）总计八百四十万种。据此数据，能得到人的躯体生命实属难得。当然，每个人对人生都有不同的感触认知，故有人生如戏、人生如梦、人生如棋等等的感受。这些都是根据每个人的生命历程体现出来的。有如百味人生，幸运与不幸，成功与失败，快乐与痛苦，真是酸甜苦辣，每个人都会尝到不同的滋味，讲出不同的味道。但这种人生观，终是相对的。好比你吃了柠檬再吃橙和吃了蜂蜜再吃橙，会对橙有不同的感受。先吃柠檬，橙就会变得甜；先吃蜂蜜，橙就会变得比较酸。那到底橙是甜的还是酸的呢？这是依靠我们先前的经验所定的。同样，生命的酸甜苦辣，也是根据每个人不同的经历、环境、心境、处境等品味出来的。人与人之间，甲和乙可能在物质生活层面上，例如出生、美貌、教育特质、财富等，甲更加优越于乙，但丙可能更优越于甲。这种状况可能会改变，或者以前乙方因出身卑微没文化，而自觉低于他人，但随着时间的变迁，有可能乙方因为此条件而更优越于甲丙。这就是人生相对性不稳定，随着人和时间的不同而改变。

学习瑜伽，我们明白人生除了有相对性外，还有绝对性。绝对性是不依靠我们感受产生的，好比法律一样，不是我们喜欢就接受，不喜欢就拒绝，法律就像火一样，只要你触犯到它，就会受伤。所以我们要了解人生的绝对性，任何一种电器产品的出厂均有一个使用说明书伴随，告诉你哪个钮应该按，哪个钮不能按，若违反操作，电器肯定会报废。同样，任何一个人体的诞生都有一个人体使用说明书伴随的，告诉我们什么该做，什么不该做，若违反人的道德行为操守，人生肯定也会报废失败。正所谓一失人身，万劫难复，所以，人应该利用自己的一生，使身心灵达到健康，完成人生的首要使命，达到永恒、快乐、全知的人生境界。故瑜伽之父奎师那说过，若错过了白天阳光的机会，要再一次经历漫长的黑夜后才能迎来太阳。同样，人不要错过今生达到完美的机会，不然人生难得。

## 第 5 篇

## 瑜伽论幸福观

> 瑜伽运动是从整个宇宙及人性的宏观角度指导人的思考与生活，净化心灵，它会让人获得宁静、智慧和幸福。

《广州日报》曾刊登了当年李小龙生活的一些报道，提到李小龙曾写下人生幸福计划目标。即从1970年到1980年十年间要拥有1000万美元的财富，让我和我的家人都过上愉快、和谐、幸福的生活。相信这个目标，或近似数字目标，也是当今大多数人所追求的人生幸福目标。有个典故，讲的是一个年老的富翁，一天在风和日丽下坐上他的私人游艇出海到达一个沙滩，他希望上岸享受阳光，享受人生。当他上岸在沙滩时，发现有个年轻人衣着简单懒洋洋地躺在沙滩上，富翁即上去以告诫口吻对年轻人说，你年纪轻轻，为何躺在这里，不去努力工作。年轻人问："如何努力工作？"富人讲："好似我这样，像你这般年龄时就起早摸黑，拼命工作，然后终于成立了自己的公司，自己当了老板。""然后呢？"年轻人问。"然后我拼搏了几十年终于成就了自己的一番事业，如今我事业有成，你看我私人游艇都拥有了。"富人讲。"然后呢？"年轻人继续问。"然后你看我可以坐着我的游艇，来到这沙滩上可以好好享受大自然，享受阳光呀！"富人说。"难道您没看见我正在享受大自然，享受阳光吗？"年轻人躺在沙滩上反问。这故事启发我们，享受人生、享受阳光的生活并不需要人为的所谓过多的艰辛拼搏而拥有，我们往往有个错觉，总认为当自己外在拥有多少存款，月收入达到多少元，拥有几多物业，人生才是幸福。

　　学习瑜伽，我明白到幸福快乐绝对不是通过外在拥有多少财物来达到的，君不见，到最终，多少豪杰，富翁追求的归宿都是心灵上的满足吗？因为外在拥有的是多么脆弱，或者不堪一击，随时会发生变数的。要知道，鱼的快乐幸福就在水里，鱼一旦离开了水，想上岸住在豪华别墅，坐上高级轿车，戴上钻石翡翠就非常幸福快乐的，这些往往都是离幸福快乐越来越远的思想；离开水，给鱼任何的拥有都不快乐。同样，人的快乐幸福就在心里，离开心灵满足，渴望赚取更多的金钱，拥有更高地位，增加更多的名誉，人生就更幸福快乐，也是偏离了人生的幸福与快乐之道。因为人拥有任何的财物、名誉、地位都不能给人带来恒久的快乐。故瑜伽之父奎师那说过，若索取超出身体基本所需，就是人生幸福的障碍了。

## 第 6 篇

# 瑜伽论工作

在钢筋水泥的丛林里，瑜伽用一种随时随地可以健身的方法来舒缓压力，享受轻松、宁静、和谐、舒适，重新找回快乐积极的工作状态。

有两兄弟都想努力工作，都想赚取千万金钱，都想建一所漂亮的房子，不同的是兄长想赚到钱建好房子后就希望在里面很好地吃喝玩乐，花天酒地。兄弟想赚到钱建好房子是希望给些失学儿童读书、孤寡老人养老。表面上兄弟俩都在努力工作，赚钱，找施工队建房子，做的是相同的事情，但最终因他们工作的心态不同，即为什么而努力工作而命运不同。因为兄长代表的是为个人感官享乐而工作的人，而弟弟则代表了为大众谋福利工作的人。身为世人，均需要工作，为什么有人工作成功、有人失败，这全在一念之间。为个人感官享乐而工作就算暂时成功，最终他也会失败。为大众福利慈善事业而工作就算失败也是成功的。同时，工作无分贵贱高低，只有心态的不同。一个总统和一个环卫工人都是在为国家服务，只要他们都是勤勤恳恳地服务于国家，他们同样应受到所有人的尊重。国家每个部门的成员就好比一部大的机器，机器配件中可能有价格上的分别，但它们运作起来一定是互相配合的，哪怕少一颗螺丝钉零件都不行。可想而知或许同样的工作，但在弟弟的美好心态下，就变成崇高的事业，弟弟当然为众生所爱，因为他爱众生。

瑜伽经典就是这样教导我们，应该以奉献性精神工作。这样，你的工作就会令你的生命崇高起来。瑜伽经典很早就给人类社会和谐生存提供了准则。就是将工作成果的50%奉献给社会福利慈善事业，25%留给自己的亲人好友，25%留给自己作不时之需。只有怀着奉献精神，播种、浇水工作，人生肯定可以收获芳香之果实。正如瑜伽之父奎师那说过，将水浇在大树的根部，所有的树叶、树干、树枝、花等都会得到滋养。这水就代表我们每个人的时间、精力、人力、物力、财力等元素，而树上的某朵花就代表了我们个体，千千万万朵花就代表了众生。所以。未学瑜伽前，人或许努力工作只为自己，或范围大些为家庭、单位等，就好比将水浇在某朵花或范围大些的花群、花中间，但最有智慧的工作就是将水全部浇在树的根部。这根部就代表了人类最崇高的福利慈善事业。这就是瑜伽的伟大工作艺术了。

· 第 7 篇 ·

# 瑜伽论快乐

从古至今，追求快乐基本是所有生物的通性，也是生存的意义。整个人类历史基本上都是一部为追求快乐而谱写的一部长篇故事。快乐是什么？每个人都会给予不同的答案。讲到追求快乐，就需要知道快乐所求之地，快乐之源，给予快乐之人。我们必须知道，世间所有生物的快乐都不可能独自存在的，必须通过他人才能获取。好比眼睛可以视物，但眼睛本身必须通过阳光才能看见事物。故通过什么人什么地方获取快乐就是基本问题了。正好比水是有的，人也是需要喝水的，但人本身是不可能产生水的，必须去寻找水源才能够解渴。你若去到沙漠那里找水喝，是基本找不到，找到也不解渴。一定要去到水源之处寻找，才能解决问题。同样，一生中每个人都在寻找快乐，但一定要在快乐之源寻找才能找到。

瑜伽正是能给人予快乐之源的地方。瑜伽把世间的快乐比作金银铜的快乐。金子般的快乐，开始是苦，最终是甜美的。因为这种快乐需要我们修身养性，需要控制心意、感官，远离物质世界的诸多诱惑、感官享乐，专注于休息研读经典、持戒规范行为等等，故开始比较辛苦，但修持一段时间，自然会放弃低级趣味的东西，品味到内心的喜悦。银子般的快乐开始是甜的，最终是苦的。因为这种快乐开始是以喜欢的感官对象接触，通过满足感官达到快乐，但随着对感官对象的喜新厌旧，以满足身体感官为乐的快乐是注定要失败的。好比以追求躯体快乐为由的恋爱、婚姻都是这样的案例。铜子般的快乐开始是苦，最终也是苦的，因为这种快乐从开始就存于愚昧、迷惑中，基本上还丧失人的道德底线。诸如强奸犯或嫖娼的，为追求两分钟的快乐承受二十年的痛苦，或患上艾滋病，他们因处于愚昧中，好比飞蛾扑火，飞蛾只为享受一下火焰便牺牲了自己。所以我们瑜伽人提倡追求金子般的快乐。故瑜伽之父奎师那说过，天鹅和乌鸦不可能是同类的，因为它们追求的快乐品味不同。最后通过瑜伽修行，最终还可以达到开始是甘露，永远是甘露的人生选择。

· 第 8 篇 ·

## 瑜伽论知识

有这样一个故事，说有一位学者某日坐一船夫划的船过河。船划了一程，学者问船夫是否懂得天文地理，船夫回答说不懂，学者在叹惜道："这样你的生命将浪费了25%。"船又划过了一程，学者又问船夫是否懂得东西方的哲学，船夫回答说也不懂，学者又在叹惜道："这样你的生命将浪费了50%了。"船又划了一程，学者又问船夫是否懂得诗歌散文，船夫再次回答说不懂，学者再次深叹道："这样你的生命将浪费了75%了。"船夫继续划船，船到了河中，突然一个大浪打过来，击中船只，船被大浪打翻。船夫和学者同时被打落河中。船夫急忙问学者："你懂得游泳吗？"学者大声说不懂。船夫深深叹惜道："这样你的生命将100%浪费了。"

这个故事启发我们，当今社会信息知识多如牛毛，人是不可能也不需要面面俱知的。我们只要掌握完美人生知识就足够了。学习瑜伽我们知道，综观天下，传授的基本上都是只与身体有关的知识；很小提到心灵即是灵魂的知识。任何知识仅仅停留在身体概念上的都是不完整有缺憾的，只有满足心灵即灵魂的知识才是完整的。瑜伽里称《韦陀经》为完美知识之源：意即历史从古到今不论是世俗或超然，躯体或心灵的知识都源自于《韦陀经》原文。故《韦陀经》又称人生完美全书。若一屋的人都被捆绑着，是没有谁能帮其他人松绑的。只有一个没有被捆绑着的人走进来才能帮他人松绑。同理，人类很大部分思想还没完美，不可能写出或讲出完美的思想文化知识来完美他人。我们的人生要完美，必须通过完美的人或人生完美全书来达到。所以瑜伽之父奎师那说过，知识分为两类：一类称为物质知识，学习物质知识的终极目的只是满足感官，故不能完美。另一类称为灵性知识，学习灵性知识终极目的是唤醒心灵及灵魂，故称为完美知识。

·第 9 篇·

## 瑜伽论智慧

在充满诱惑的现实生活中，任何外部或内部的因素，都会使得精神过度紧张，都会导致我们的心智失去平衡。

有个典故：古代有一人为求长生不老，做了一个金鸡独立的姿势，长年累月不吃不喝不睡，为求见神仙赐予长生不死之法。神仙见状，就现身此人面前，询问为何。此人说明原意。神仙说，我本身也要死亡的，何能给你长生不死呢？我不过是寿命较长吧了！此人听完，要求神仙保佑他五个不死法：一、不在白天或夜晚死去；二、不在房子里面或外面死去；三、不在天空、陆地、海水中死去；四、不被人或动物杀死；五、不被任何刀、枪、剑、兵器杀死。神仙一时心肠软答应了此人。谁知此人得到神仙此五种不死法，为非作歹，坏事做尽，丧尽天良，扰乱民生。正所谓魔高一尺，道高一丈。此时，瑜伽之王奎师那尽显其完美及智慧本色，为了消灭恶魔普度众生，奎师那化身为一个狮子头人的躯体（非人非动物），在黄昏出现（非白天非夜晚），把此恶魔横抱于大脚上（非天空、陆地、海水），站在门槛中间（非房子里外），用指甲撕开其身体（非任何兵器），就是用此等智慧。

以上典故，绝非凭空而作，也不可能有此等智慧的作家能构想出此神奇的智慧大作。而确实是留传数千年瑜伽之父奎师那的智慧。学习瑜伽不仅仅使我们的身体受益，更重要的是提升知觉，提高内在的智慧。智慧从何而来？首要的是通过聆听。好比我们都是通过聆听老师授课而知道1+1=2，是非曲直等道理。不同的老师自然传授不同的智慧。这要取决于我们需要的是什么。我们不能期望在商品市场交易中会聆听到人生完美的智慧。因那场合就只能提高你做生意的智慧。正如瑜伽之父奎师那说的："对于行恶的人，我就是霹雳，对于忠信我的人，我就是玫瑰，所以称为智慧之人，明白山外有山，山外有人，人外有神。故信神灵，并愿臣服。"

## 第 10 篇

## 瑜伽论因果

有则故事，讲的是有一个国王，富甲天下，拥有过百妻子。生活本应该非常美满，但他却因这些妻子无一能帮他生儿育女，故使得他虽拥有天下，却因无儿无女而终日不快。有一天有位圣哲路过此处，国王连忙盛情款待，且极其诚恳地服侍圣哲。圣哲对国王的款待也深表满意感谢。谢过以后正要告辞，国王不失时机地向圣哲陈述自己虽然坐拥王国，享荣华富贵，妻妾成群，但却因膝下无儿女而不快，恳求圣哲祝福和帮忙。一开始圣哲建议国王顺其自然则好，不要勉强；但国王却执意恳求圣哲帮忙。圣哲见此，无奈地讲，若然求得孩子，此孩子给你带来快乐的同时，也会给你带来很大的痛苦的。国王认为可能是小孩出生后顽皮、难教养等，故一口应承。圣哲向国王要了些甜奶饭，先作了祭祀供奉，然后对国王讲："好了，你将这些祭品给你喜欢的一位皇后吃了以后，她必能怀孕。"国王喜出望外，百里挑一地选出自己的最爱，拿出所有的祭品给她吃。果然不出数月，此女怀孕，十月怀胎后生出非常可爱的男孩。哗，国王喜从天降，把整个国家都置于节日的气氛中，布施了大量物品给臣民，在皇宫更是日日庆祝，朝朝欢腾。更是对孩子的母亲百般宠爱汇聚一身。谁知原先的妻子本来相处好好的，现在可被冷落一旁，忌妒心由此而生，故她们想出计策，在孩子吃东西的时候，放下毒药，让这儿子死去。事故发生后，对国王来讲，这简直是天大悲剧，他哪里受得了，他已经对此男孩付出所有的一切，现在，忽然死去，国王痛不欲生，并快要死亡了。这时，圣哲正好出现，大臣们即刻请圣哲帮忙。圣哲走到国王面前道明真相，原来此孩子实则是国王前世的一个冤家，特地来投胎报复、伤害国王的。哗，原来如此，国王这才恍然大悟。

从以上典故中，启发我们的道理不少，重点就是国王与孩子原来以前是对头冤家，特意来报复。这就是因果。学习瑜伽经典，我们明白，我们个人现在的状况就是因为以前的所作所为而带来的，没有一个现状是忽然的或属于突发事件的，所有事情我们都可以通过现状知道起因。正所谓种瓜得瓜，种豆得豆。这是大自然的规律，没有一个人能躲过。故不存在好人没好报、坏人没坏报的事实，天网恢恢，疏而不漏。就好像我们见一些偷东西的人，有些是马上就被抓住送去监狱，有些是过好几年才被抓去监狱一样，同理，有些人可能做了坏事，表面上还逍遥法外，但最终还是逃不出大自然的制裁。所以，既然已来住在医院，就应明白已是病人，就应遵照医生的训导和处方来治疗，争取早日康复；同样，人既然来到这世上，肯定有不完美和缺点，就必须遵守大自然法律和公民道德守则，争取到达人生完美。故瑜伽之父奎师那说过，放弃对感官享乐的追求，怀着奉献心态工作，定能摆脱业报反应。

·第 **11** 篇·

## 瑜伽论祈祷

祈祷，意思是向比我们更有能力的人物作出真诚的期求。祈祷不是这年代的新发明，它是一种必备的生活核心元素。有个古代故事讲的是，有个伟大的瑜伽师叫帕拉德，他年幼时，已展示他修行的强烈欲望及品行，但他父亲是个大恶魔，不但反对他修行，还非要送他到恶魔学校去培训，希望培训儿子成为优秀恶魔。但因帕拉德在娘胎中已聆听到圣人的教导，故一出生即显示出修行人的品行，与他父亲的要求格格不入。他父亲见他屡教不改，有次怒发冲冠，对他儿子讲，你日日修行，天天念诵，讲神无处不在，神保护你，我今天就要看看你讲的神在哪里。于是，他叫人把儿子抓到悬崖上，然后推下来。谁知帕拉德在祈祷主的保护，果然扔下来时被很柔软的东西接住了。于是他父亲又命人把他扔到油锅里炸，结果帕拉德借着向主祈祷又没事。他父亲见状，又命人把一些毒药放在食物里想毒死他，帕拉德吃以前先供奉给主，结果又没事。他父亲见状又命人把他扔到大象中，让很多大象来踩死他，帕拉德还是祈祷主的保护，又没事。最后他父亲命人放出千百条毒蛇出来，想要咬死他，结果凭着帕拉德的祈祷他又没事。到最后，帕拉德的保护神主尼星哈，忍无可忍亲身出现杀掉了这个恶毒的父亲。到主尼星哈见到帕拉德，问他有什么愿望时，他讲希望他的父亲能得到拯救。这就是一个经常祈祷者的优良品德了。即使他父亲百般置他于死地，但他对父亲的爱却有增无减。

从以上这个故事，我们应该受启发，生活在这个年代，随时随地都会发生灾难，我们一定要学会这个祈祷。不管你是信奉基督教里的上帝，还是佛教里的佛祖，或者印度教里的主维施纽，还是伊斯兰教里的真主，只要信者真诚地祈祷，就应该确信真主的保护，人生应该多祈祷。不管为自己、为家人、为良师益友，还是为社会大众、为国家社稷，都可以向信仰的神佛祈祷，通过美好的祈祷也等于给自己安装了颗金子般的心，因为您祈祷希望世间一切美好。故瑜伽之父奎师那讲过，借着真诚的祈祷，神的仁慈，一个哑巴也能成为最伟大的演说家，一个瘸子能翻山越岭，一个瞎子可以数天上的星星。

· 第 12 篇 ·

## 瑜伽论愤怒

一个人要真正做到不执着，根绝自私、贪婪、嗔痴、迷恋、愤怒、嫉妒、空虚、沮丧、紧张、忧郁等等这些问题是很难的。比如，人的愤怒。

愤怒可以说是与生俱有的，只要诞生在这个世界或多或少都会有愤怒的特征，只是展示出来的状况不同。就像住在医院的人肯定都是有病，只是病轻病重，症状不同一样。具体人展现愤怒的时候从脸开始，愤怒产生在人的眉中间，继而以火红的眼睛把怒气显露出来。有时会握紧拳头，或是以脚踢，呼吸迅速。很快，愤怒就使人失去理智，心意和感官得不到控制，接着会用最伤人的想法、最恶毒的语言、最害人的攻击以达到满足自我的目的要求。哪怕有时讲出的话或做出的事甚至违背自己的意志，却已身不由己了。可以讲，世界每天都有数不清一怒之下铸成大错的事故出现。大自然中除人类有愤怒特征外，还有天空愤怒时，乌云密布，狂风猛吹，雷电交加；风暴怒激海水，地球上洪水泛滥这也是愤怒的表现。

　　总之，愤怒产生的危害是很大的。以前有个典故，说的是这地球有三个最伟大的人物，分别是创造之主四面佛婆罗贺摩，毁灭之神希瓦，万源之源圣主奎师那，人们想知道他们当中谁更完美更伟大。于是他们找了一个年轻的婆罗门做代表（他既是婆罗贺摩的儿子，又是希瓦的兄弟，也是奎师那的奉献者的身份），来测试一下此三人。当他第一个来到婆罗贺摩的家里时，他有意不尊重婆罗贺摩，就视而不见，婆罗贺摩见他这样没礼节马上很气愤，但还是控制住，只是很不开心地赶走了他。接着他去到希瓦神家里，对希瓦破口大骂，说了许多不堪入耳的话语，气得希瓦神拔出武器想打死他，幸得希瓦神的妻子及时制止，他才放他走。再接着他去到主奎师那的家里，奎师那正在休息。此时，他用脚对着主奎师那的胸部用力一踢，啪的一声把奎师那打醒过来，谁知主奎师那慌慌跳下床，蹲在他脚，用手轻抚着他的脚说，"我的胸部是那么的硬，有没有把你的脚弄伤了"。此人通过心意、语言、躯体的冒犯对三位伟大人物进行了测试，然后回去转告大家，答案肯定是主奎师那最宽容最伟大的。在三个冒犯中，心意冒犯是最低；躯体冒犯是最严重的冒犯，修行不到一定境界的人是控制不住愤怒产生的。人们都是渴望得到尊重、赞美、幸福的；人都是这样，一旦渴望得不到满足，愤怒就产生了。学习瑜伽我们知道人愤怒源自于色欲，即欲望。一旦欲望得不到满足，最后转化为愤怒了。故色欲是生物最大的敌人，愤怒是展示。瑜伽之父奎师那说过，欲望盘踞在感官，心意，智性，遮蔽了生物，使生物困惑，只有通过修炼以及灵性的力量可以超越物质感官，心意，智性，克服人生最大的敌人——色欲，这样就可以净化愤怒。

·第 13 篇·

## 瑜伽给我们的九个忠告

瑜伽观照人的内心，有一种安静的美。这是一种瑜伽为人的心态，这是一种瑜伽处世的哲学；我们只有做好了，才会有一颗享受这种宁静和唯美的心。

一、不要生气：因为一旦生气愤怒，就会使我们失去理智，理智一失就会做出令人后悔莫及的事。

二、不要说谎：大地母亲有一句名言：我可以忍受一切的重负，但不能容忍一个说谎者。说明说谎给人造成的后果极不好。

三、平均分配财富：如果我们把一袋米放在路上，小鸟见到飞来吃饱就会飞走，让后来的鸟有机会分享此食物，但是人通常吃饱后还要带走，让后来的人失去分享的机会，这是人的贪婪。所以我们要学会奉献成果。最佳的财富分配原则是50%奉献给社会造福于人，25%留给亲人，25%留给自己使用。

四、只与合法的妻子或丈夫生儿育女：这是社会稳定的准则，若打破了，就会出现非法的男女性生活，接着产生不想要的人口，这样出生的孩子因得不到良好的教育，长大后孩子的言行对家庭、社会易产生负面的作用，很快这些孩子又要生儿育女，不良的社会风气就是这样产生了。

五、宽恕别人：据说布谷鸟的美丽在于它的声音，女人的美丽在于她的忠贞，男人的美在于他的宽宏大量，人难免会犯错误、做错事、说错话，所以我们要学会原谅别人。瑜伽之父奎师那说过，只有当我们懂得原谅别人时，上天才会原谅我们犯的错误。

六、单纯：生活简单思想崇高，这是告诫每个人，物质世界的东西及欲望实在太多了，好似繁星一样，数不胜数，倒不如简朴单纯地生活。

七、内心纯洁，保持健康：这说明若要身体健康，有两件事是必须要做的：第一是净化内心，心灵不纯洁，以及有一些坏习惯足以毁坏人生，再好的物质条件、再好的运动、再好的食物也是枉费。第二是体育锻炼，每天坚持瑜伽运动。

八、支持帮助下属及有需要的人：这是告诉人类，我们得到的力量是用来帮助扶持弱势群体的，并不是用来剥削压制他人的。

九、不敌视任何人：这是告诉我们要一视同仁。本是同根生，相煎何太急。保持中庸和谐之道。

以上九条建议是古时候一代瑜伽大师彼斯玛留给人类的宝贵财富。

## ·第 14 篇·

## 瑜伽之梯：兽性、人性、神性

整个瑜伽体系就是为了生命的灵性进阶。生命的四项基本活动就是：吃、睡、交配、防卫。

动物也是有情有欲的生命，它们每天也思考这四方面的要求，只不过它们的需求层面停留在没有智慧、没有控制、没有理性的阶段。例如：猪，它们是什么乱七八糟的东西甚至粪便都吃的，睡也不太讲究，一天到晚睡都行。交配方面就更加没理性了，就两个字"乱伦"，不分兄弟姐妹的；防卫方面它们也想方设法保护自己，但最终还是被人捉获。因为它们都容易掉进陷阱。好像在森林捉大象一样，通常人只要牵一头母象出来，在母象面前挖一个大坑，铺好，只要让公象见到母象，公象自然会被吸引，然后掉进大坑中被捉去。

人类层面的，人可以选择动物层面的吃、睡、交配、防卫，也可以选择神性方面的吃、睡、交配、防卫。人类原则性的吃就是吃善良形态食物，早睡早起的作息规律，一夫一妻的夫妻生活，正当防卫，保护自己免受伤害。这也是最基本的人性。若乱七八糟地吃、颠三倒四的生活作息，日夜不同的男女性伴侣；提心吊胆、担惊受怕的生活，就是动物生活层面了。

神性方面的吃，只吃供奉过神、佛、祖先、师祖的食物；睡得不多，大部分时间都用来自身修行或为众生谋福利上；只为生育最优秀的后代子女才过的夫妻生活，严格控制自己的性欲；在防卫方面，他们就算处在最黑暗中也坚信上天会做最好的保护。瑜伽既然是人生的一个阶梯，我们就可以选择一步一步拾阶而上。以上举的例子，基本说明动物的生活是无约束、无规则的，但人的生命就要和动物层面不同了，要有制约及自律，神圣方面的人生就更需要圣洁了。但归根到底，是动物的生命还是神圣的生命，就看食和性二大原则了。作为人类来说，食性是生命最大的快乐和追求，基本一切的发展都是围绕此两项为中心。但要知道，这两项生命中最大的快乐，多一些人都不行，相反却要付出巨大的艰辛才获得那么短暂的快乐，所以瑜伽圣哲不会去耗费时间精力在这方面，相反，他们为觉悟人生最高境界而将饮食最简单化，同时控制及摒弃性生活，以求到达人生完美。

瑜伽之父奎师那说过，我们不关心从那里开始，重要的是从那里结束。同样，生命的起跑线每个人都不一样，但通过瑜伽修行，我们肯定能达到最完美的神性品质阶段。

· 第 15 篇 ·

## 瑜伽培养天鹅的品味

天鹅与乌鸦其实不是属于同一类的。天鹅喜欢去到荷塘莲花、碧水蓝天、充满阳光、新鲜的池水中寻找它们的喜乐，而乌鸦喜欢去到一些不干净、乱七八糟、藏污纳垢的地方寻找它们的喜乐。同样道理，为什么越来越多的人喜欢去瑜伽馆修炼，就是瑜伽馆都是环境布置得轻松、自然、舒适，使人一进去就心情舒畅，远离世俗的色欲、妒忌、愤怒、纷争的感觉，寻找出一片心灵的乐土。

瑜伽馆其实也是一个修院，能够提供给修习者一个净化心灵、康复强健身体的地方，通过一系列有系统的身心训练，人的身体不仅能得到强健，更能改掉不好的品性，培养出好的品质、好的习惯。修习者最主要通过视觉、听觉、味觉、嗅觉、触觉的训练，不看、不听、不做、不吃、不到不圣洁的系列训练。我在印度修习瑜伽期间，整天看的、听的，都是有益身心的图文、音乐、讲座等，这很容易让修习者培养出健康的感官品味。你以后再给他看、听、吃不健康的东西，他很容易就会拒绝，就像在人体身上打了预防针，一旦有什么病毒侵入，身体已经有抵抗力一样。

近日有相关报纸报道，很多学生、成人沉迷于电脑游戏、色情电影等难以自拔，归根到底，就是没有更高的品味给他们品尝到，不良行为才有滋生的可能，一旦有更高的品味，低级的品味自然就没有市场了。一旦让他们有机会尝试看、听更高更多有益身心健康的图文、音乐等，很自然他们对低级的品味就没有兴趣了。同样道理，人类追求快乐的品味也不同，有人喜欢去夜总会、赌场、酒吧等地寻找他们的人生快乐，但我们必须知道，这些场所通常都会发生打斗、群殴，充满暴力，也是非法性关系、欺骗、毒品烟酒等不祥之地，在这些地方真能找到快乐之源吗？智者肯定自有答案。相反，我们见到另一类人士，他们热衷于聆听人生更高道德层面的知识，畅谈经典哲理、品尝天然的素食，欣赏大自然的风景、去朝拜圣人走过的道路，拥抱追求真理的人，冥想有益身心的人事，闻供奉过的鲜花，他们把所有的感官都用于提升自己的知觉上。仿佛天鹅只专注于洁净而别无他求一样。瑜伽之父奎师那讲过一个故事，就是雄鹰和小鸡的例子。有一次，有一只幼鹰从天空掉到地上，落入了一群小鸡当中，结果就是幼鹰整天和小鸡生活在一起，吃住玩乐都一起，久而久之，鹰已经被小鸡同化了，整天在地上爬来爬去，忘记了它可以展翅高飞的本能。直到有一天它的同类在天空中呼唤它时，它才想起自己应该展翅高飞。这故事除了告诉我们近朱者赤，近墨者黑的道理外，还告诉我们每个人都有人生更有价值的使命，有更有意义的事情做，不要浪费宝贵的时间在毫无意义的事情上。

你只要把废铁放在火里烧一段时间后，这废铁就会改变性质，变成火一样的功能，同样，我们今天就呼唤更多人来修炼瑜伽。相信一段时间后，大家就能培养出天鹅的品味来。

瑜伽馆其实就是一个培养天鹅品味的场所。

## 瑜伽师的品质要求

这世上有成千上万种人，就自然有不同品性的了。而只有品质高尚的人才能称得上瑜伽师。瑜伽师是集所有优良品质于一身的人，一个真正修炼瑜伽的人，自然具备人类的一切美好品质。就我们个人而言，我们都很欣赏绅士的品质，而不是愚蠢、低俗之人的品质。

瑜伽之父奎师那在瑜伽经典中谈到，瑜伽师应培养自己具有二十三项完美的品质，分别是：与人为善；不与人发生口角、争执；培养奉献精神为人生目标；平等对待众生，公正待人及动物；具有无可挑剔的品格；宽宏大量；温和；里里外外始终保持清洁；从不骄傲声称自己拥有什么；是众行的祝愿者；平和；没有物质欲望；温顺；谦卑；稳定；超越感官层面的活动；食不过量；从不热衷于追名逐利；性格十分友善；充满怜悯心；有诗人的才气；精通各个领域的活动；对无聊的事保持缄默。

随着中国的改革开放，相信瑜伽会越来越普及，国内也会培养越来越多的瑜伽老师，我们必须重视瑜伽老师品质的培养。只有坚持培养好品质的瑜伽老师，一切都会在良性中发展，对个人及社会都是有莫大的裨益。好的瑜伽学校重要的是抓好老师品质培养、教学质量，精益求精，不急于求成，有质自然会有量，否则会弄巧成拙。瑜伽学校须严格把关，未达到要求的，不发毕业证书，否则对人对己都没有好处。就像一个学医的，若未达到要求就发放医生执业证出去行医，那只会误人误己。为了中国瑜伽事业的健康发展，我们要共同努力，把好质量关，培养出有道德、专业的瑜伽老师，给人良好的感觉。就像太阳一出来，我们自然感到躯体温暖。同样，好的瑜伽师自然也让我们感到思想升华。

· 第 **17** 篇 ·

## 瑜伽师修行识别

在印度修行瑜伽，大家通过观看修行者身上的标记、饰物、衣着颜色等来识别他们的派别和阶段。例如，瑜伽师头上若前额画上三条横线，代表他们是崇拜施威神（又名毁灭神、希瓦神、瑜伽王）；若瑜伽师在前额上画上两边细长的U字，然后在U字里面画上一条红色直线，代表他们是崇拜维施努（又名维护神）。崇拜瑜伽之父奎师那，也是在前额画上两边细长的U字，然后约从鼻梁根部点上一片图拉西（圣树）叶子的形状。瑜伽师一般都会用恒河圣泥涂在面额上，主要以额上画横线或画直线来分别信仰。

修行瑜伽的女士衣着、额上的标记也有讲究。一般女士着沙丽，若丧偶或是终身不嫁则穿着全身白衣。女士若已婚会在两眉中间画上朱砂，以作区别。男士瑜伽修行者未婚一般着黄色修行服饰，已婚则穿全身白色，进入瑜伽最高弃绝阶层的则会着全身金黄服饰，另一重要标志是手持三节棒（又名弃绝棒）。

在印度，大众都会根据瑜伽师身上的标记、衣着颜色等特征进行不同礼仪交往，而且也是很讲究的。我们除通过观看修行者的装饰、衣着等判别对方修行的门派及阶层外，更重要的是从中了解瑜伽饰物衣着的文化。比方，在印度或西方，当你正式学习瑜伽并拜师后，老师会给你一条项链，带上颈部，意味你已经皈依了师徒传系，只要遵守规范行为是会受到主的保护的。这条项链的佩带就好比你在街上见到一只被主人用绳套住的小狗，意味着这小狗是有主人的，不像流浪狗；另外，每个修行者应穿着瑜伽修习人的衣服。我觉得这一点非常重要，对一个要求上进的人都是应该遵守的。试想，一个穿着警察衣服的人敢去胡作非为？肯定不敢，因为这警察衣服起到警示作用，他们必须更好地遵守法规。同样，修行者穿上统一标志，对他本人对社会都有好的促进作用，能时刻提醒他作为一个修行人，应有好的行为榜样。我觉得我们应该普及这种衣着文化。

## 第 18 篇

## 瑜伽论女性魅力

最近有位读者来电询问，她自认为是位贤妻良母，但丈夫还是对她不满意，要出外找其他的女人，给她带来很大的苦恼，问怎么办？

古代有则故事，讲的是一个男人如何被女性躯体吸引的。有一个非常美丽性感的妓女，任何人想见她，都要收一颗钻石。但还是有很多有钱人被她吸引而支付这个价钱。有一个男人，他有个好妻子，男人有病无法工作，由他的妻子出去工作来维持生活，但丈夫总是闷闷不乐。妻子问道："我亲爱的丈夫，我已想尽办法满足你，我努力工作，为你做饭，给你吃的，为你沐浴洗衣，为你做了一切，为什么你还是闷闷不乐。"丈夫犹豫不说。妻子说："你还是坦白和我说吧，我会尽力满足你的。"于是丈夫就坦白："被那妓女吸引了，很想去见那位妓女。"可想而知，一个贫病交加的男人同样被女性的躯体吸引。妻子答应道："我会竭尽所能带你去见那位妓女。""哦，那你到哪里去找那颗钻石？""你等着吧。"于是妻子就来到妓女的房子，没等妓女开口，就开始洗盘子、洗衣服、扫地，干一切家务活。妓女问："你是谁？你来这里干活，没有要钱，什么都做，你想干什么？""以后我会告诉你的。"就这样，每天她都来干活，终于妓女问她："请告诉我，你别无所求地为我工作，我一定要做点什么回报你。"于是，妻子说出了缘由。这时，妓女终于明白并说："好吧，你可以带他来见我。"就这样，男人去见妓女，妓女竭尽奢华地招待他吃喝。一盘盘菜肴招待了这个男人，每样菜肴都装在两个坛子里——一个铁坛子，一个金坛子。男人边吃边问："你用两个坛子——一个金的、一个铁的给我同样的菜肴，有何特别用意呢？"妓女说："你觉得金坛里面的食物味道和铁坛子里的食物味道有什么不同么？""哦，都一样好呀！"这时，妓女说："你这个无耻之徒，你已经有一位这么好的妻子，但你还想着其他的女人，你知不知道，无论每个女人怎样不同，躯体都是一样的，根本没有差别，你为什么还要想花这么多的钱来找我？"

　　这故事虽流传千古，但男性的致命弱点却是千秋不变的。故我建议她的丈夫或天下男士都可修炼瑜伽，这是我们一条好的健康生活之道。修炼瑜伽可提高我们的控制力，增加智慧。人和动物都有满足躯体的需求，但人和动物满足躯体的需求是应该有区别的。所以瑜伽之父奎师那说过，男人应将自己合法妻子外的女性视为母亲一样去尊重她。

·第· 19 ·篇·

## 瑜伽体系：四个修习的阶梯

### 瑜伽体系一：行动瑜伽

在《韦达经》中提到一种活动的体系，叫作行动瑜伽。卡尔玛（karma）指活动，或者一个人的赋定职责。职责有属于社会、家庭、老板等不同方面的。人人皆需做事，无人可以坐着发呆，啥也不干。为了生存，就得做事，才会有结果。卡尔玛的另一种含义是结果。活动是为了达到某种目的，取得某种形式的快乐。一个人必须得履行的事情，就是职责了。所有人类都要履行的最终职责，就是达摩（dharma，也译作"法"），即是本质，明白到一切的背后有一个真正的拥护者。

活动分三种：

1. 职责类的，叫卡尔玛；
2. 被禁止的，叫维卡尔玛；
3. 不产生结果的，叫阿卡尔玛。

卡尔玛指多数人是为钱而做事，朝九晚五地干活，获得一份薪水。没有人会做义务劳动，而上班不是职责，一个人在社会中的职责是适合他本人的，或根据他的资格而定。所以，一个人通过他所受的教育，具备的资格，会适合做某种特定的工作。

有一种活动是被禁止的，称为维卡尔玛，例如非法的活动，给自身和他人带来伤害的事情。

阿卡尔玛指慈善活动。例如赠医施药、办学建校、派发食物、扶危济困，都属于慈善活动。活动的发起人并不期望会有回报，只想向人们提供免费的服务。这就叫作阿卡尔玛。不过，在《韦达经》中解释了，即使这样的活动也会带来结果（punya），在下辈子可以上天堂。所以说，哪怕是慈善活动也会产生结果。当然了，这是好的结果，优于维卡尔玛，被禁止的活动。

但奎师那在《博伽梵歌》中解释道，出于爱而为祂做事，就是奉爱活动，即阿卡尔玛。由于这是为了奎师那的满意而进行的奉爱活动，所以是无动机的活动。终极的行动瑜伽，是指一个人在做事或活动的时候，心中明白活动会在今生和下世带来一些好处的。但是，必须得是在《韦达经》里面所赋予的活动。

**瑜伽体系二：思辨瑜伽**

这是一个进行调研工作的程序。在许多次轮回之后，一个受制约的生物体，会问自己：对于生命的终极平和，什么是真正的解决之道。通过彻底的学习，极大的努力，去找出生命意义背后的真理。什么是生？什么是死？为什么有痛苦、富和穷、美和丑？为什么会发生？去了解，找到生命中问题的最终答案，然后照着做。Jnana指知识，瑜伽指去帮助一个人，指引他走向特定方向的步骤。《博伽梵歌》又名《梵歌奥义书》，是终极之书。奎师那在其中解释道，有四类人会转向祂。分别是：正遭受苦难之人；想发财致富之人；追寻事情背后真相之人；寻找万物背后的神之人。

故此，思辨瑜伽是寻找生命终极答案之途径。在咨询之后，我们内心的神，见证着我们的行为，会相应地给予回报。内心的神，即超灵，会引领诚恳之人找到一位古茹（guru），带给我们进一步的教育，并在实践之中帮助他找到生命的答案。一位修习思辨瑜伽的人，寻找一位古茹，以找到生命的和平，思辨瑜伽就是帮助我们找到快乐的方法。要找到真理绝非易事，因为终极的真理只能通过知道真理的人方能知晓。这样的一位灵性导师，叫作古茹，是通过师徒传承代代相传的。一个人或许要了解某些未知的事情，就需要一位了解情况的古茹，以获得帮助去得到真理。好比人在密林之中迷了路，难以脱困，此时他需要地图或向导。与此相似，灵性导师已经跟他的古茹学习了，只有他能带我们走出森林，他就是向导。否则，误入歧途只会到达错误的终点。

思辨瑜伽仅仅是意味着，一个人在寻找生命的真理，并在真诚的努力之后终于找到了。通过谦卑的服务态度，顺从的服务及咨询，心中的超灵帮助诚恳的灵魂找到古茹。

**瑜伽体系三：八部瑜伽**

古瑜伽按阶梯分为八段：外修、内炼、体式、呼吸、感官收摄、专注、冥想和神定即三摩地。它们是一体的，只是为了方便描述才分为独立的部分。

就如树有根、干、枝、叶、皮、液、花及果。每一部分皆有其特性，然而单独来说并不能成为树。瑜伽亦是如此。正如所有的部分组成一棵树，这八个阶段组成了瑜伽。外修控制的通用原则是根，内炼控制的各项戒律组成了干，体式好比各条分枝，向各个方向伸展。调息，以能量的形式布满体内，仿似整棵树上挂满的叶子。收摄，则防止感官的能量外流，犹如树皮保护了树不会腐烂。凝神，仿佛树之汁液，令身体与智力稳如磐石。禅定之于三摩地，好比花朵之于果实。就像大树最终结出累累的果实，觉悟真我正是瑜伽修习的巅峰。

这八个阶段是：

**外修**

Yama，指道德约束，不但包括行为，还有言辞及思想。其本身含义深远，瑜伽行者在这方面须得小心。《瑜伽经》中分列五项如下：

Ahimsa，这个术语常被翻译为"非暴力"或"不伤害"。含有慈悲、为众生着想之意。这项戒律也包括了一个人在瑜伽修习中如何对待身体。例如使得身体过劳意味着疏于照顾，也就是滥用身体的一种形式了。

Satya，指诚实、不虚伪。其中也包括了恰当的沟通之道，要求我们在生活中的行为、思想和意图都要保持诚实。例如在进行高难度体式之前，对自己作出准确的评估，以免逼迫自己超过了身体的红线，这是一个重点。

Asteya，通常指"不偷盗"，包含了避免一切的贪念。比如培养较少物欲的生活态度，停止去追求不属于自己的事物的欲望。还有，不强迫别人去做事或献上某样东西，也不会盗版别人的歌曲。

Brahmacharya，这个概念多指独身。许多灵性的传统都以独身作为一种方法，把能量从性欲转向修行的成长。这个概念，也可以指在满足肉体索求方面有所节制。也指避免沉迷于感官，要小心选择性伴侣，确保性要以爱为基础，而不是不恰当的感情或者操纵。从更深的层次来说，它包含了承诺与神圣的结合。

Aparigraha，可以定义为"不贪婪"，而非索取更多。同样重要的是花时间去欣赏我们已经拥有的：清新的空气，良好的记忆力，有益的食物，朋友，健康的身体，或者振奋人心的文学作品。

**内炼**

这一点意味着"规则"。它包括了纪律、行为、对自己的态度。帕坦佳里列举了如下五项：

Saucha，指"纯洁、清洁"。除了身体的清洁，还指环境的清洁，同样包含了饮食和思想的清洁。

Santosha，这项戒律给予我们机会，去学习对拥有的东西感到满足以及欣赏，同样对于我们没有的东西，也要保持愉快的心情。不管怎样，不要仅仅由于不想作出努力去改变，而以此找借口，应该看到光明的一面，对不利的环境采取不抱怨的态度。

Tapas，源于动词"燃烧、烹调"，此项戒律激励一个人在修习与一生的工作方面，有着强烈的决心和火一般的激情。正如其他的戒律，要遵守Tapas，需要有纪律、自控和坚持。

Swadhyaya，这项戒律是从自学走向自我发现的过程。其中包括了细心的反省，以及正式和非正式的外部学习。

Ishvarapranidhana，这项戒律，会让我们接受有一项全知原理的存在。提醒我们，在里里外外有一种更高能量的存在，而这种知识给生命带来意义。在《瑜伽经》里没有提到任何一个神灵的名字，这就由得读者去选择了，因为有些人会选择向一个"理想"而非某个神灵致敬的。

**体位法**

体位法就是健身术，瑜伽体位法参照宇宙间所有动的，不能动的生命的特征采取动作精华，内外兼收，世上所有生物种类共有840万种，包括天上飞的，地上行的，水中游的，不动的植物花草等等。所以有不同体式的由来，好比拜日式，不仅动作要求标准才能达成身体效果，更是要从内心学会敬重，有感恩的心，感谢太阳给予阳光。再如树式，不仅从动作中学到身体平衡，而且还从内心学到树的宽容及谦卑，这就是瑜伽体位法的真谛；但目前现代人因寿命、记忆等都不是很好，不可能做这么多的动作，实用为原则即可。

**呼吸法**

人的寿命长短实际是由呼吸的次数决定的，所以瑜伽呼吸法倡议用缓慢的腹式去呼吸，保持心平气和，有些运动很剧烈导致呼吸急速，所以容易发生事故。我们细心留意一下，打太极拳、练书法、游泳等爱好者的寿命相对长些，就是因为呼吸缓慢，为什么世上目前最长寿命的是龟，活一千年的都有，就是因为它们呼吸很慢。但作为人类，我们的观点是寿命在质不在量，呼吸法主要用于调整气血畅通，因为病的起源基本和气不畅通有关。

**感官控制**

瑜伽师要控制感官，必须知道感官是由心意控制的，心意是受智慧控制的，智慧是受灵魂控制的。这好比几匹野马，是会乱闯的，但因有几条绳子牵住，这条绳子就是心意了。这条绳子掌握在车夫手上，这车夫就代表了智慧，车夫是听乘客的，这乘客就代表了灵魂。一旦我们的感官想听想看想吃不好的东西，我们的智慧和灵魂应该给出最高的训示和教导，这些感官活动有利身心灵便会去做。

### 专注

瑜伽师去到第六步基本上都已经很清楚人生目标了，好比一个百米赛跑的运动员在比赛一样，他只要专注目标冲过去就是了，不是在冲刺中想谁欠他多少钱，房子还未购，今年结不结婚这些事上的，对于一个人生目标明确的瑜伽师来说，除了专注做有利身心灵的事外，其他一概不关注了。

### 冥想

去到第七步，意谓他虽身在尘世，而心却在灵界了。修到这境界的瑜伽老师，虽表面上还在世间修习，但他的意境已不在俗世事务上。他们经常冥想另一处没水没电、享乐无穷的世界，好比一个人若去美国，就算乘最快的飞机也要十多个小时，但若是冥想，一秒内即可到达自由女神旁边。同理，通过冥想，我们的身体虽还在尘世，但完全可以通过冥想达到无忧的境界。

### 神定

是八步瑜伽的最后一步，已谓进入一切，不论是闭眼还是开眼见的事物都是在完美无瑕之中，因为一切都在完美境界中，都是神定好的一样。

### 瑜伽体系四：奉爱瑜伽

（1）Sravanam 聆听：聆听主的圣名（sravanam）是奉献服务的开始。尽管九项中之一项已经足够，按顺序聆听主的圣名是开端，而它的确也是至为重要的。正如主施瑞·柴坦尼亚·玛哈帕布所阐释的：唱颂主的圣名，可以拭净由肮脏的物质自然形态造成的生命的物质化概念。当这污垢从内心深处驱除掉后，人便觉悟到至尊人格首神的形体——isvarah paramah krsnah sac-cid-ananda-vigrahah。

人若能幸运地聆听觉悟奉献者，他便能在奉献服务道路上轻易成功。因此，聆听主的圣名、形体和质量是至关重要的。

（2）Kirtanam 唱颂：上面已经描绘了对圣名的聆听。现在让我们来试图理解这一连贯顺序中的第二项，即对圣名的唱颂。推荐程序是这样的，唱颂应高声进行。在《圣典博伽瓦谭》中，那茹阿达·穆尼说他毫不羞涩地开始旅游全球唱颂主的圣名。而施瑞·柴坦尼亚·玛哈帕布也有类似建议：

trnad api sunicena

taror api sahisnuna

amanina manadena

kirtaniyah sada harih

奉献者行为如比小草更卑微，比大树更宽容，随时向别人致敬而不期回报，他便能非常平和地唱颂主的圣名。

这样的资格便使唱颂主的圣名更为容易了。任何人都能轻易进行超然的唱颂。即便一个人躯体不适，等级比别人低，没有物质资格，或毫无虔诚活动，唱颂圣名仍会裨益于他的。高贵的出生，高等教育，美丽的躯体，财富及虔诚活动的类似结果都不是灵修进步的必要内容，因为只要唱颂圣名，人便能轻易取得进步。据韦达文献权威来源（尤其是这一卡利年代）的理解，人们通常是短命，习惯极坏，并且倾向于接受不是真正的被认可的奉献服务方法。而且，他们总是受到物质条件的骚扰，非常不幸。

在这样的状况下，从事其他的程序如yajna，dana，tapah和kriya——祭祀、慈善等根本就不可能。因此，便有了如下推荐：

harer nama harer nama

harer namaiva kevalam

kalau nasty eva nasty eva

nasty eva gatir anyatha

"在这个虚伪和纷争的年代，唯一的解脱方法便是唱颂主的圣名。除此之外别无他法，别无他法，别无他法。"只要唱颂主的圣名，便能在灵修中取得完美进步。这是生命成功的最好方法。在其他年代，唱颂圣名同样有力，但这在现有的卡利年代就特别有力。Kirtanad eva krsnasya mukta-sangah param vrajet：只要唱颂奎师那的圣名，人便能得到解脱，回归家园、回归首神。因此，即便能从事奉献服务的其他程序，也仍必须将唱颂圣名作为灵修进步的主要方法。Yajnaih sankirtanaprayair yajanti hi sumedhasah：智性极高的人应当接受唱颂主的圣名，而不能编造不同的唱颂。

人应当认真坚持经典推荐的唱颂圣名：哈瑞 奎师那，哈瑞 奎师那，奎师那 奎师那，哈瑞 哈瑞 / 哈瑞 茹阿玛，哈瑞茹阿玛，茹阿玛 茹阿玛，哈瑞 哈瑞

（3）Smaranam忆念。在定期聆听和唱颂，内心得到净化后，便推荐smaranam，即忆念。在《圣典博伽瓦谭》（2.1.11）中，舒卡戴瓦·哥斯瓦米告诉帕瑞克西特国王：

etan nirvidyamananam

icchatam akuto-bhayam

yoginam nrpa nirnitam

harer namanukirtanam

"噢，国王啊，对于完全弃绝物质联系的伟大瑜伽师，对于欲求所有物质享乐的人和因得到超然知识而自足的人，推荐的是恒常唱颂主的圣名。"

按照与至尊人格首神不同的关系，namanu kirtanam即唱颂圣名也为各异，因此，根据不同的关系，便有五种不同的忆念方法。它们分别如下：

a. 研究对主某一特定形体的崇拜；

b. 将心意专注于一个目标，将心意从对其他物体的思考、情感和意愿活动收回；

c. 专注于主的一个特定形体（称为冥想）；

d. 恒常将心意专注于主的形体（称为dhruvanusmrti，或完美的冥想）；

e. 重新喜欢专注于某一特定形体（称为Samadhi，或神定）。

在特定场合心神专注于主的特定逍遥也被称为忆念。因此，根据与奎师那的特定关系，Samadhi或神定也可能有五种方法。处于中立阶段的奉献者的神定尤其被称为心神专注。

（4）Pada-sevanam服务主的莲花足：根据品味和力量，聆听、唱颂和忆念后紧跟着pada-sevanam。当人恒常想着主的莲花足，他便达到忆念的完美。强烈依附想念主的莲花足被称为pada-sevanam。他人尤其追随这一pada-sevanam程序时，本程序便逐渐包含了其他程序，如面见主的形体、触碰主的形体、绕拜主的形体或庙宇、拜访如Jagannatha Puri，Dvaraka 和Mathura等地以见到主的形体，以及在恒河或雅沐娜河沐浴。在恒河沐浴和服务纯粹外士那瓦也被称为tadiya-upasanam。这也是pada-sevanam。Tadiya一词意指"与主的关系"。对外士那瓦、图拉茜、恒河和雅沐娜河的服务也包括在pada-sevanam中。所有这些pada-sevanam程序都能有助于灵修取得迅速进步。

（5）Arcanam崇拜神像：在pada-sevanam之后，是arcanam，即崇拜神像。人若对这一arcanam程序感兴趣，他必须积极托庇于一位灵性导师，并从他学习这一程序。有许多arcana的书籍，尤其是Naradapancaratra.

在很久以前的Pratisthana-pura城，住着一位婆罗门，他一贫如洗，但清白而自足。一天，他在一场婆罗门的聚会中听到一次关于如何在庙宇崇拜神像的演说。在这次聚会中，他还听说可以心意崇拜神像。此后，这位婆罗门在Godavari河沐浴之后，便在心意里崇拜神像。他在心意清洗庙宇，然后又想象用金银容器从所有圣河中带回圣水。他收集了各种贵重的崇拜用具，然后便豪华地崇拜神像，开始时为神像沐浴，结束时则供奉阿尔提。然后，他感受到了极大的快乐。这样过了许多年，一天，他在心意里用ghee做了很好的甜奶饭崇拜神像。

他将甜奶饭放在金盘子里供奉给主奎师那，但感觉甜奶饭很烫，便用手指去碰了一下。他立即感到自己的手指被滚热的甜奶饭烫伤了，然后便开始呻吟。当这位婆罗门正疼着时，Vaikuntha的主Visnu开始微笑，幸运女神问主为何发笑。主Visnu便命令他的同游将这位婆罗门带来Vaikuntha。这位婆罗门便这样获得了samipya解脱，也就是居住在至尊人格首神附近。

（6）Vandanam祈祷： 虽然祈祷是神像崇拜的一部分，它们可能也和其他项目（如聆听和唱颂）一样被看成是独立的，因此便有不同的说法。主有具大的精神能量，人在各种活动中感到受主的影响，也便向主祈祷，并因此而获得成功。

（7）Dasyam做主的仆人：关于作为仆人而协助主有下列说法——在成千上万生世之后，当人开始理解自己是奎师那永恒的仆人，他便能解救他人离开这一宇宙。如果他只是继续想自己是奎师那的永恒仆人，甚至并不从事其他任何奉献服务程序，他也能获得完全的成功。因为只是这样感受他便能从事所有九种奉献服务。

（8）Sakhyam视主为最好的朋友：关于作为朋友来崇拜主，Agastya-samhita说，通过sravanam 和 kirtanam从事奉献服务的奉献者有时希望亲自见到主，因此他便居住在庙宇。还有这种说法："哦，我亲爱的主啊，至尊人格，我永恒的朋友。虽然你充满喜乐和知识，你已成为温达文居民的朋友。这些奉献者是多么幸运啊！"在这里，特别用了"朋友"一词以指明这爱之强烈。因此，朋友好过仆人心态。在dasya-rasa之上的阶段，奉献者将至尊人格首神接受为朋友。这毫不令人惊讶，因为当奉献者内心纯粹，当他对人格首神自发的爱得以展示，神像崇拜的富裕便会逐渐消失。从这一角度，Sridhari Swami提到Sridama Vipra，后者向自己表达了责任感，"一世复一世，愿我以这种朋友态度与奎师那相连"。

（9）Atma-nivedanam将一切皈依给主： Atma-nivedanam一词是指到了毫无动机的阶段，只想服务于主，将一切皈依给主，并且只是为了取悦至尊人格首神而活动。这样的奉献者恰如受到主人照顾的奶牛。当得到主人照顾时，奶牛并不焦虑自己的维生。这样的奶牛总是奉献于主人，从不独立行动，而仅仅是为了主人的利益。因此，有的奉献者将把躯体献给主称为atma-nivedanam。在*Bhakti-viveka*一书中又提到，有时将灵魂献给主称为atma-nivedanam。Atma-nivedanam最好的例子是Bali Maharaja和Ambarisa Maharaja。Atma-nivedanam有时也出现在Dvaraka的Rukminidevi的行为中。

·第 20 篇·

## 瑜伽三大规律八项注意

练习瑜伽无非希望身心健康，精神饱满愉快地工作、生活、学习。故瑜伽修习者须注意五大规律八项注意。

一、作息有规律：但凡真正修炼瑜伽之人，基本上都要早睡早起的。不早睡基本上不可能早起。因练瑜伽人生活很简单，基本上没什么夜生活可言。在印度，一些正规瑜伽修院基本晚上十点前都会关灯睡觉，早上四点左右大家都起床修习了。记住晚上10点至12点的一个小时睡眠等于12点后2个小时的睡眠质量。早上学习记忆力是最好的，尽量不过夜生活，做到起居有常。

二、饮食有规律：瑜伽饮食原则都是素食为主。故一日三餐讲究搭配，早上够营养，中午丰富，晚上吃少量，再加上一月两次的瑜伽戒食法（即戒五谷）。瑜伽师一月有两次是什么也不吃的包括连水也不喝，其实是对身体很好的排毒法，再者也是让胃好好休息一下。人体的胃也好比机器，机器一天到晚都转来转去，休息一下是有好处的。故每月有两次戒食对身体会有很大帮助，当然不一定连水也不喝，只是不吃五谷为主，吃容易消化的水果为主即可。平时感到饥饿时吃饭最好。

三、修习有规律：瑜伽练习必须持之以恒，不论是练习体位法、唱颂法、冥想法，练习有常。每天固定时间专注练习才能有效果，就像吃药治病，若吃一日不吃一日结果就不好了。同样，修习瑜伽若真想修身养性，恒久坚持练习才能起作用。

四、运动有规律：生命在于运动，所以日常生活中，瑜伽修习者都会每天选择15分钟以上运动，无论是静坐，冥想，还是体式运动都是好的。

五、娱乐有规律：瑜伽修习者也要有规律地娱乐，好比个人观看瑜伽影视包括演唱会、瑜伽舞蹈、瑜伽典故等等，积极参与各种瑜伽活动就是最好的娱乐。

健康八项注意：

（一）慈善：不使用暴力，尽量多素食，乐于助人，奉献爱心。

（二）真诚：不贪、不赌博、坦诚待人。

（三）洁净：外在个人卫生、衣着、居室保持干净，内在拒绝非法男女性行为、拒绝黄毒。

（四）朴素：戒烟、戒酒、拒绝毒品、生活俭朴。

（五）饮水：为了身体器官有规律运转，以及排出废物，需要大量液体，故充足饮水很重要。

（六）正确穿着：在天冷或潮湿时确保暖和与干燥，尤其脚应暖和。

（七）心态平和：担心、焦虑、失眠等容易引起各种疾病，故凡事应以心平气和对待。

（八）锻炼：生命在于运动。每日坚持15分钟以上的运动量是身体健康的保障。

· 第 21 篇 ·

## 瑜伽真谛

瑜伽之父奎师那说，瑜伽就是生活的艺术。

瑜伽就是重获人生真（永恒）善（全知）美（极乐）的科学。

瑜伽就是去除生老病死等恐惧的千年秘方。

瑜伽就是和最完美连接的意思。

瑜伽就是人生的阶梯，从第一层修炼到最高层面的意思。

瑜伽就是让人沉着地去履行人生的责任，放弃对成效的一切执着。

瑜伽就是一切活动的艺术，包括有规律饮食、作息、娱乐、修行、运动、哲学、政治等。

瑜伽就是摆脱各种物质活动结果的束缚，到达一种超越所有痛苦的境界。

瑜伽就是智慧，对耳闻之言，不论是过去的还是未来的，你都无动于衷。

瑜伽就是处三重痛苦中而心意不惊，虽临安乐而不为所动。

瑜伽就是不受好坏影响，既不欣赏也不鄙夷。

瑜伽就是放弃感官享受的欲望，不为欲望所困扰，抛弃拥有之念。

瑜伽就是自我控制，安处超然境界，视万物如一，不论是石头还是金子。

这就是瑜伽之道，得之，人就不再感到困惑，而感到平和、快乐。凡是来修炼瑜伽的都包含了此四类人：一是有烦恼有病痛的；二是索取财富、谋生的；三是好奇的；四是求取人生真理的。

现在越来越多的人修炼瑜伽，尽管修炼瑜伽的目的不一样，但基本不外乎此四类人。

一、有烦恼有病痛的现代人作息、饮食、运动、修行、娱乐无规律，压力大，身体不用多久就感觉这里不舒服那里不舒服，还有来自于精神上的压力等等，瑜伽正好能缓解及解决他们的这些问题。因为瑜伽动作多，每一个动作都有起预防治疗这些病的功效，加上练习者很快会从中得到改善，故大受欢迎。

二、索取财富、谋生的。当今，瑜伽会馆如雨后春笋一样出现，大多数年轻人赶着去学习瑜伽，有些人把学习瑜伽作为谋生手段。一系列的瑜伽音乐、书籍、VCD等涌现市场，为了大众身心健康，获取一定报酬，无可厚非。但瑜伽肯定不是一个发财致富的途径。因为瑜伽的定义定性本身就是教导人追求内心的平和快乐的，不是外在的金钱、财富、名誉、地位等。

三、好奇的。其实现在很多的人还不真正了解瑜伽，也只是听说瑜伽的一些神秘、一些传说、一些明星也在练习就来试试。

四、求取人生真理的。这部分人深知瑜伽的真理、内涵，渴望通过瑜伽修炼达到完美的人生。这部分人是少见的。

以上是四类不同的人追求瑜伽的目的。但无论以什么样的目的学习瑜伽，只要接触到真正的瑜伽，你一定会被吸引住的。就像你吃甘蔗一样，不论你从哪里去咬甘蔗都会感到甜一样。因为瑜伽会引导你往人生正确的方向前进。每一步都令你自觉提升和进步着。这就好像你饥饿吃饭菜后会感到满足一样。瑜伽就是和完美连接，你学习瑜伽和完美的生活方式、和完美的人连接，难道还会不快乐吗？

·第 22 篇·

## 《博伽梵歌》为师必读

美国总统奥巴马在他的自传中提到，他除了阅读《圣经》、《可兰经》、古希腊神话等之外，也特别提到了《博伽梵歌》，并告知这是他了解世界各种伟大宗教文化优点的基础教育。

这《博伽梵歌》流传5000年，是一部永恒智慧的经典，在世界上现存最古老的精神文化——印度的韦陀文明中，是主要的文献。然而，《博伽梵歌》的影响并不限于印度，并深深影响了西方历史哲学家、神学家、作家、瑜伽修行者。要知道这《博伽梵歌》是由瑜伽之父奎师那5000年前直接讲述、传授的一门人生科学知识，使人能了解自己真正的潜能，增强精力及延长寿命、创造融洽的家庭生活，陶冶性情、扩展爱心、享受生活、瑜伽和冥想的秘密及有关死后的重生。瑜伽的运动发展基于《博伽梵歌》原本。现在，这个运动逐渐盛行于整个世界，男女老少对这个运动的兴趣也与日俱增。事实上，瑜伽运动的始祖是奎师那本人，很久以前开始，通过使徒传系传至整个人类社会。所以，今天的瑜伽老师应该认真学习《博伽梵歌》，借此了解瑜伽的创始人、瑜伽的体系、瑜伽的真谛、瑜伽的完美境界等。好比作为一个律师，必须熟悉法律经典，因为法律经典已包含了婚姻法、经济法、民事诉讼法等等，一个律师只有全方位熟悉所有法律条文才能帮助别人争取权益，解决纠纷，若不熟悉法律，肯定不可能帮助他人争取权益的。同样，瑜伽师应该熟悉《博伽梵歌》才能帮助人解决人生的疑惑、烦恼，并带来幸福和快乐。为什么看完《博伽梵歌》、《圣经》、《可兰经》这些经典能解决我们的人生问题，就是因为这些文献是圣人所说的话语，是永恒的真理，故会认真地阅读和保管好，不像一些杂志小说的内容，虚假或变来变去是没有价值的。

　　"人也许每天都用水清洁自己的身体，但如果在《博伽梵歌》这神圣的恒河之水中沐浴哪怕一次，就可以清除物质生活带来的一切污染。喝恒河水都能得救，更何况饮用《博伽梵歌》的甘露呢？"瑜伽修行者认为，在恒河沐浴或喝恒河水就得救了，因为它能净化身心灵。历代的圣哲认为《博伽梵歌》比恒河水还重要。这就是《博伽梵歌》在每位瑜伽师心中的位置。因为这是从完美的瑜伽师奎师那那里流传下来的教导。如今，人们都渴望有一部瑜伽经典指导人生。那么就让《博伽梵歌》成为全世界瑜伽师共同的经典吧。

·第 23 篇·

## 奥运与瑜伽精神一致

　　奥运和瑜伽都是不以营利为目的的运动，全世界的运动健儿集聚在一起，体现的不仅仅是技艺专业水平，而是一种更高的精神境界，是一次精神的大阅兵。比赛固然有胜负，就好似人生有成败、得失一样，但怎样面对胜负、得失就是精神境界的最好体现了。奥运提倡的是胜不骄、败不馁，与瑜伽倡导的得之不喜失之不忧是相吻合的。奥运倡导的团结、友谊、和平就是不分彼此胜负、大家互相分享、共同消除纷争，与瑜伽提倡的永恒、知识、快乐也是一致的。胜负得失都是一时的，只有做到不计得失、不论成败、贵在坚持，才能得到永恒。只有互相分享，友谊才会永久，有友谊就有友善，有善良就意味有知识、智慧。有知识、有智慧就不会被假象迷惑；没有纷争就有和平，快乐的前提就是和平与平和。

瑜伽迟早也会列入奥运项目，不仅仅是奥运会需要瑜伽，而且瑜伽精神也是人类每个人都需要的，追求永恒、知识、快乐还不是瑜伽人的最高精神境界，而是给予别人永恒、快乐、知识，才是瑜伽人最高的精神境界。故瑜伽人见别人的成功比自己成功更高兴，让我们放下国籍、肤色、得失的偏见，为每一位参与奥运会的运动员鼓掌，为每一位展示出自己最好最美一面的运动员鼓掌。

·第 24 篇·

## 瑜伽高境界如水中之月

人生有顺境逆境，生意有成功失败，股市有涨有跌，但这些起伏得失对每个人的影响可大可小。成功固然值得开心，但往往容易乐极生悲；失败固然难受，但往往促人发愤。这样的例子比比皆是，就拿目前的股市起伏来说，已造成多少人心理的不平衡，思想的沉重压力。

瑜伽讲究的是平衡。平衡源于真知觉悟。人生本身就是一个从没到有，又从有到无的过程，每个人都是赤条条的来，赤条条的走，本身来到这个世上也是身无分文，离开的时候也不可能拿走分文，所以是没什么值得惋惜的。很多人都坐过摩天轮，都是从最低升到最高，又从最高落到最低，周而复始，人生何尝不是如此。有高峰也有低谷，固通过修炼瑜伽静思、冥想、唱颂等，完全可以摆脱这些外界的影响。为什么瑜伽馆喜欢建在公园或山水之间，环境布置得优雅自然，就是为了和世俗的纷争、竞争隔离，不受外界的影响，让人宁静下来。好比中国大使馆在外国一样，不论外国的政治、经济等怎样变动，都不会影响中国大使馆的正常运作。同样，我们出生在世上，不可能避开得失成败、赞美批评、生老病死、开心痛苦、爱与恨等等世间现象，而修习瑜伽你会觉悟到灵魂和躯体心意的不同。躯体和心意会受世间现象影响，但灵魂不会受影响。瑜伽之父奎师那说过：瑜伽修行境界高的人好比水中之月，月虽在水中却不受水的起伏、温度的高低影响。

· 第 25 篇 ·

## 曼陀罗瑜伽——心灵清洁法

　　如今，人们越来越注重生活品味和质量，瑜伽逐步衍化、发展成为一种时尚健身运动，这也是人们喜爱集力量、减肥、塑身、视力、睡眠、香薰、普拉提为一体的瑜伽运动的重要原因。瑜伽渐渐地走进人们的生活，已成为一个时尚的标签，成为一种健康、美丽、环保、和谐的生活方式，更是21世纪新的生活态度。瑜伽作为一项强身健体、健美瘦身、调整心意、放松身体的锻炼方式，已经越来越受到社会大众的认同和喜爱，尤其是受到年轻人的青睐。瑜伽会馆与其他常规健身房在大城市所占的比例在增加，甚至健身会馆都增加了瑜伽课程，以满足会员的需要。经过广大瑜伽爱好者的努力，全国涌现出了一大批瑜伽教练员，成为瑜伽健身潮的弄潮儿。

瑜伽是印度的国粹，经历了五千年的洗礼，至今在印度依然生机盎然。瑜伽的圣经《博伽梵歌》依然指导着印度社会不同民族和宗派的人，甚至印度总理也号召国人以奉爱瑜伽的精神工作。现在，瑜伽已经传播到世界各地，吸引了无数爱好者，在我国已经有了许多专业的瑜伽馆。但是由于大多数瑜伽馆只是教练物理训练的瑜伽方法，没有心灵瑜伽的训练和修炼方法。有些瑜伽教练在体位训练后，会增加一点语音冥想，但是由于听者不懂梵文语音的意义，根本达不到冥想的效果。为了弥补这一缺陷，我们推出了专业的心灵瑜伽——曼陀罗瑜伽，为广大瑜伽爱好者提供专业的瑜伽训练。

### 一、曼陀罗瑜伽的优点

瑜伽一词的本意是，连接和相应。可见瑜伽是一种修炼、思维、生活的方法，可以帮助人获得智慧、平和、成功。传统的瑜伽方法分为：八步瑜伽、思辨瑜伽、业报瑜伽、奉爱瑜伽。通过学习古老的瑜伽经典《博伽梵歌》，我们可以获得完美的智慧；通过修炼瑜伽的各种方法，我们可以达到心意的平和；通过遵循瑜伽的原则，我们可以到达成功的彼岸。

目前社会上流行的瑜伽方法主要为哈塔瑜伽、八步瑜伽。既然瑜伽是起"连接"和"相应"作用的，通过瑜伽，我们作为个体所要连接的对象是什么呢？很少有人能回答出来！而这却是修炼瑜伽最应该知道的。瑜伽要解决的是个体如何与整体，或者说是小宇宙和大宇宙如何连接的问题。那么整体是什么？大宇宙又是什么？这两个又如何连接呢？

这正是曼陀罗瑜伽所要回答和解决的问题。

曼陀罗瑜伽不是只教授瑜伽体位法、呼吸法、冥想法，也不是简单、短期地达到某些效果，更不是为了拥有多少会员，而是要真正帮助人们了解瑜伽的真正意义，彻底解决人的根本问题，达到瑜伽所能达到的极限。所以，我们将在体位法、呼吸法、冥想法的基础上，增加瑜伽理论的学习、梵文的学习、曼陀罗的学习和应用，让所有瑜伽爱好者了解到瑜伽的精华——曼陀罗瑜伽。

曼陀罗瑜伽虽然可以运用在其他瑜伽里，如体位法的放松、呼吸法的休息术、冥想的语音，但却是完全独立的，在上千年的瑜伽实践中证明：修炼曼陀罗瑜伽是最简易、最容易成功的。它虽然不像哈塔瑜伽那样马上感受到气体的流动，但是却更容易直接感受到心灵深处的快乐，迅速体悟小我与大宇宙沟通的喜悦。所以，曼陀罗瑜伽是一门真正帮你的小宇宙与大宇宙连接的技术。一旦你真正与大宇宙连接在一起，你将感受到真正的喜悦，从而充满力量、智慧，你不再是孤单的一个人，而是一个宠儿，处处被关爱。所有人将成为一个充满爱的大家庭的一员。

什么是曼陀罗？曼陀罗是梵文，拉丁语化的拼法是Mantra。Man解作"心意"，tra则解作"使……脱离"。因此，一首曼陀罗就是一组净化心意的超然音振。韦达文献把心意比拟为一面镜子，我们现在所处的健忘状况像一面沾了尘埃的镜子。念诵或唱颂曼陀罗就是洗涤心镜上的尘埃，让我们得见一己本然的知觉。

曼陀罗冥想瑜伽不仅效果显著，而且简便易行。无论年龄、性别、职业、教育状况等等如何，人人都可以练习。这些状况完全是无关紧要的，五岁小儿或九十岁老翁都可以练习它。无论是学生或农民、家庭主妇或工人，练起来都是容易的。

帕坦伽利在其所著《瑜伽经》中把执持、禅和入定描述为瑜伽冥想术的三个阶段。在执持阶段，冥想者的心总是倾向于从冥想注意的对象事物上游离开去。在禅阶段，冥想者的心专注一点地保持在冥想对象事物上。这种心专一点状态的最高的完美境界就叫入定。那些不理解真正的瑜伽冥想是什么的人会认为：一个人从执持进到禅，再而最终进到入定状态，是因为他们的注意能力有了增强。但是，情况并不是这样的。注意力对一个冥想中的人的推动作用是有限的。心灵的本性是，它总是冀求一些新鲜的东西。试图凭借注意力使心灵保持专注在某一对象事物上，是违反心灵的能力的。这样做是困难而徒然的。这实际上也是违反瑜伽冥想术的原则的。

在瑜伽冥想术中，人要设法把他的心灵集中在某一对象事物上，如果心灵要离开这事物，他就设法逮住它，把它带回来。但这是做得极为柔和的。这并不是人们通常理解的

"强行集中注意"的意思。然而即使是这样的"松动"的注意本身，对于获致瑜伽冥想术的成功来说，也是不够的。人对某个对象事物所作的冥想要能够成功地从执持阶段发展到禅的阶段，然后最终地进入入定境界，唯一的途径是：那受到注意力集中的对象事物能够对人的意识永远地产生愈来愈大的满足和吸引的作用。换言之，冥想对象本身必须是永远新鲜的，它必须是无限的，它的深度和吸引人的各种特点必须是永无穷尽的。如果不是这样的话，那么它就不可能永远对心灵产生一种新鲜感了，心灵就会对这个对象事物感到厌倦。于是，它又会游离开去，到别处寻求满足了。人总是要求得到满足，人总要求得到幸福快乐。因此他的心灵也就从一种事物跳到另一种事物上去寻求满足，一切心灵从一个事物中吸取了一切，一旦这事物变得陈旧了，那么，心灵就会找寻一个新鲜的对象、一个新鲜的事物。向一个对象用力集中注意，或作松动的注意，之所以如此困难，原因就在此。心灵总是很快地对一个事物产生厌倦，然后又到另一个地方去寻求满足。一般说来，人总是在感官享受中寻求满足。但是，感官享受的本性总是：它不会给人以深刻的满足。对于心灵来说，感官对象事物并不是永远新鲜的。因此，心灵总是时刻都在寻求感官享受的一些新源泉、新对象。人为什么老是寻找某种"新"事物，原因就在此。这可能是一首新歌、一部新影片、一件新衬衣、一件新玩具，等等。但是当这个事物不再"新"的时候，心灵在这物件中找到的吸引力就告消失。例如，西方有许多人家里收藏了不少音乐唱片，但极少再听其中任何一张。他们主要听最新的几张。当一个人第一次听到一首歌在无线电台上播出，确实马上爱上它——它对这人的心灵是这样地有吸引力。因此他去买这一张唱片。但是，头一个月把它放来听许多遍，尽量从这唱片里取得欢乐，此后，他的心灵对这唱片就厌倦了，就再也不放来听了。由于这一首歌失去了对心灵的吸引力，心灵就去寻求享乐的"新"源泉。因此，这么一来，心灵总是到处蹦跳，一个接一个地寻求感官享受的源泉。但是，瑜伽语音的情况与此相反。开始时人的心灵往往并不很受瑜伽语音的吸引，但往后随着心灵变得纯洁起来。人，即心灵的有意识的观察者，就逐渐地从瑜伽语音中体会到一种深刻的满足，从而人和他的心灵两者都日益受到瑜伽语音的吸引。这是瑜伽语音的独特性质。对于心灵，它的吸引力会逐渐不断增长，而不是不断地减弱。

因此，一个人练瑜伽语音冥想时间越长，他受到瑜伽语音的吸引越大；而练得越少，吸引力也就越少。这就是说，在瑜伽语音冥想的初始阶段，人的心灵总是相当频繁地从瑜伽语音游离到其他事物上面。这就是执持（Dharana）阶段。在这个阶段，练习者应在心灵游离开去时试图逮住它，轻柔地把它带回瑜伽语音上来。但是，随着人的心灵通过瑜伽语音冥想而变得更加纯洁的时候，他就会更加自发地受到瑜伽语音的吸引。随着他的心灵更加纯化，就会在瑜伽语音中发现日益增加的深度和满足。他不再感到这瑜伽语音只是一种人为注意的浅薄事物。这样的人就开始在这单一的冥想对象中（即瑜伽语音中）发现深刻和具有重要意义的丰富内容。换言之，人的意识开始自然和自发地移向瑜伽语音。而当人的意识专注一点地集中到瑜伽语音上时，这就叫作执持。这种专注的最高状态就叫入定（Samadhi）。换句话说，随着人练习瑜伽语音冥想，他的心灵就逐渐变得纯洁起来。而当这样的情况发生时，人自己，即心灵的观察者，就开始直接体会到与瑜伽语音结合。当心灵进一步得到纯化时，人就进入禅境。当心灵彻底纯化——清澈透明——时，人，即纯粹的意识，就和瑜伽语音完善结合（入定）。瑜伽语音的效果确实显著。然而遗憾的是，有一些西方人出于傲慢以及某种偏见的原因，颇为轻视这种古老、久经时间考验的冥想术体系。例如，有些心理学家甚至企图用自己的词语来代替传统的瑜伽语音。他们不是教接受治疗者冥想正宗的瑜伽语音，而是教他们冥想数字"一"或由某个心理学家所选择的其他一些词语。可是这种做法没有成功。譬如说，接受治疗者在反复诵念数字"一"时，也许往往会进入一种温和的放松状态，但是，这种自行炮制出来的"冥想"从来都无助于帮助人实现真正的目的，更不用说什么执持、禅（静虑）或入定了。此外，人们还发现修习这种自行炮制的"冥想"术的人很快就对教给他们诵念的这些语音感到厌倦。瑜伽师感兴趣的是运用几千年来证明确实有效的那些功法，而不是胡搞一套什么"新的"冥想术体系以求一时名声大噪。瑜伽语音冥想练习极为简便易行，没有什么硬性的严格的规定。有时候是心与口同时反复诵念，有时候只是默念而已。出声念诵时，有时是低声悄语似的反复念，有时用普通语音响度念，有时又是用有节奏的歌唱方式来诵念。有时诵念与呼吸保持同步节奏，有时又不必如此。有时是坐着念，有时站着念，有时走着念，等等。练习者双眼有时是闭合的，有时是部分地闭合的，有时是完全张开的。有时候，习瑜伽者一边反复诵念一边倾听自己诵念的声音；而有时候，别人诵念，他就倾听别人诵念的声音。但，有一点始终不变：习瑜伽者要紧密注意瑜伽语音——这是瑜伽语音冥想的基本原则。这是在做瑜伽语音冥想时要始终记住的最重要的一支。其次，你不必为自己能否把瑜伽语音反复诵念得很完美准确而过分担心。瑜伽师已经肯定：即使语音诵念得不太完美准确，仍然会有好的效果。只要尽你最大努力去做就行了。曼陀罗瑜伽原来隐藏在秘密的梵文中，只在少数的人中流传。现在已经传播出来，在世界各国广为流传。在修炼方法上，她不拘泥形式，不限制年龄、地点，根据每个人的天赋资质，决定何时达到自我的觉悟和亲临圣境的体悟。它以最直接的方式打开体内七个能量中心（七个气轮），使瑜伽的修炼过程更轻松快捷。为此，印度高级瑜伽大师推荐：无论什么人，都可以修炼曼陀罗瑜伽；无论有无基础，都可以一生达到完美的瑜伽境界。

唱颂曼陀罗是一种冥想。真正的冥想就是唱颂曼陀罗。曼指心念，陀罗指释放。通过唱颂曼陀罗，令人心意平和，这就是方法。人们想心意安宁，可以用瑜伽的程序去唱颂曼陀罗，这就行了。

古瑜伽师认为曼陀罗是神圣的音振，诚心诚意地通过舌头发出曼陀罗的声音，就会获得心中的平静（"桑缇"shanti）。

曼陀罗有各式各样，而在《韦达经》中提及的玛哈曼陀罗，乃是众曼陀罗之首，由十六个词依次组成哈瑞·奎师那玛哈曼陀罗。人们不需要任何资格都可以唱颂，各个阶层的人都可以唱颂。因为所有人都可以去唱颂奎师那，古瑜伽师将奎师那作为唱颂的主要目标。

这个年代的人十分忙碌，由于工作的重担、家庭的困扰、疾病、经济窘迫等等，而倍感生活的重重压力。不过，唱颂哈瑞·奎师那玛哈曼陀罗，能够给灵魂带来心灵的安慰。

哈瑞·奎师那玛哈曼陀罗的十六个词，在唱颂时顺序要正确，可唱可念，或在偏僻之地独自低声默念。

正确的顺序如下：

哈瑞　奎师那　哈瑞　奎师那

奎师那　奎师那　哈瑞　哈瑞

哈瑞　茹阿玛　哈瑞　茹阿玛

茹阿玛　茹阿玛　哈瑞　哈瑞

在当今年代，此曼陀罗备受推崇。一个人内心深处所追求的对至尊主的爱，可借此获得，这是人生的终极答案。唱颂时，无时间地点之限制，无手持念珠之限制，无音量大小之限制。也可以集体歌唱起舞，兼以鼓和其他乐器伴奏。

现在让一个人与世隔绝，并非易事，因为心中念头此起彼伏、躁动不安、难以降服。心念时时刻刻将我们带往某处，要专注于曼陀罗，难啊！故此，推荐一个人在集体之中唱颂哈瑞·奎师那曼陀罗，这就是"桑伽"（sanga）。在修习者的群体中能够好好地唱颂，如此心念就停下来。这个年代的人无法做到专心于一点，所以哈瑞·奎师那曼陀罗特别能够让心静下来，止于一点。

一个人必须全神贯注地唱颂，心无旁骛。有一种唤作图拉西的圣树，可作念珠，边念边拨动珠子，更能体会灵性的能量，更有效。

除此之外，咬字要清晰、准确，听得清楚自己发出的声音，这样心念就不会飘到别的事情之上。

还有，念诵时不要思考其他事情，要全神贯注，否则无效。

一个人最好每天抽出一定的时间来念诵，一个小时、两个小时或一点点时间都可以，将会给心灵带来平和，这是毫无疑问的。

唱颂哈瑞·奎师那曼陀罗是瑜伽体系不可分割的一部分，也称为曼陀罗瑜伽。

瑜伽这个字，来自梵文。梵文是世界上头一种记录下来的文字。古印度的圣人把他们的智慧用梵文记录下来。他们的著作称为韦达或知识，这知识一直由使徒传递系列传下来。

瑜伽的意思指统一和谐，瑜伽教我们怎样依随宇宙大自然的规律和谐地生活，只要这样，我们便会活得更幸福、更快乐了。

瑜伽的知识很广，差不多生活的每一方面都有涉及，也可以这样作一个定义：瑜伽是过完美生活的艺术。瑜伽提供一套完整的健身术和养生法，有助我们松弛。除了运动以外，瑜伽提倡有益健康及自然的素食法，瑜伽的哲学从自律、自我的知识轮回到自觉。但是，在这年代修习瑜伽最重要及最容易的方法就是修习哈瑞·奎师那曼陀罗冥想。

就好像蔗糖是甜的，无论你从那一部分咀嚼都是甜的，瑜伽也一样。你可以依照自己的需要学习瑜伽。瑜伽好像一个天阶，从地球到天堂，你可以依着自己的步伐爬上去，每一步都给你很大的喜悦和成果。瑜伽也是把我们领往智慧和解脱的途径，我们还要追求什么呢？又有什么更值得我们追求呢？

虽然"哈瑞·奎师那"已成为一个家喻户晓的词，但了解个中含意的人却寥寥无几。它仅仅是对人进行催眠的喃喃咒语吗？它是一种逃避现实的方式吗？或者它是一种真的使人达到更高层面的冥想法？

这个超然的音振建立在唱颂"哈瑞—奎师那、哈瑞—奎师那、奎师那—奎师那、哈瑞—哈瑞、哈瑞—茹阿玛、哈瑞—茹阿玛、茹阿玛—茹阿玛、哈瑞—哈瑞"之上，是恢复我们超然意识的康庄大道。作为活着的灵魂，我们原来都是具有奎师那意识的生物体，不过因为自无法记忆的时候开始与物质接触，意识被物质环境污染了。我们现在所处的物环境称为假象（maya），意思是"那不是真的"。这种假象是什么呢？就是我们都企图成为物质自然的主人，但实际上我们却被它的严谨律法所操控。当仆人装模作样地扮成全能的主人时，就被认为处于假象之中。我们妄想剥削自然资源，却越来越陷入复杂性之中。因此，尽管我们为征服自然而奋斗，对它的依赖却加深了。只有恢复我们永恒的奎师那意识，马上就可停止这种与物质自然作斗争的虚假努力。

唱颂玛哈曼陀罗是恢复原始、纯粹意识的超然程序。通过唱颂这个超然的音振，能把我们心中的疑虑给清洗掉。我是眼底下一切的主宰这种虚假意识，就是所有疑惑的基础。

奎师那意识并非强加于思想的一种人为方式，它是生物体原始天然的能量。当我们听到超然的音振，这种意识就会复苏过来。在喀历年代（kali-yuga）这种最简单的冥想法备受推崇。一个人也可以获得实际的经验，通过唱颂这首玛哈曼陀罗（伟大的拯救颂歌），立即会感到一种来自灵性层面的超然狂喜。

在物质的生命概念中，我们仿佛低等动物一般忙于从事感官享乐活动。在这之上进步一点，一个人会进行心智推敲以便摆脱物质的束缚。当人有足够的智能时就会再进一步，尝试去找出所有源头的最高源头——包括心内和心外。并且当人真的处于超越了感官、心意和智能的灵性领悟层面时，就是在超然的层面了。唱颂哈瑞·奎师那曼陀罗是在灵性层面的活动，超越了所有意识的较低层面，即感官、心意和智能。因此无须理解曼陀罗的语言，也无须对它进行心智上的推敲、猜测。它自动源于灵性层面，唱颂者也不必事先具备任何资格，当然，在更进步的阶段，修习者不应因为灵性理解方面的原因而做出冒犯。

在开始的时候，一共八种的超然极乐也许不会出现，它们是：声音哽噎、冒汗、毛发直竖、说不出话、身体发抖、皮肤褪色、喜极而泣、精神恍惚。

但毫无疑问，唱颂一会儿即可把一个人带至灵性层面，第一个征兆就是会有伴随唱颂而起舞的冲动。我们可实际看到，即使小孩也能参与唱颂、舞蹈。当然，对一个深深陷于物质生活的人，需要多点时间才能做到这点，但这样一位沉迷物质活动的人，也能很快地被提升到灵性境界。当一位主的纯粹奉献者满怀爱心唱颂这首曼陀罗时，对听众会产生极大的感染力。进而言之，应聆听非奉献者的唱颂，被毒蛇嘴唇碰过的牛奶也是有毒。

Hara指主的能量，krishna和rama指主本人，意思是"至尊的喜乐"，而hara是主的至尊喜乐能量，因改为称呼格而变成hara，主的至尊喜乐能量帮助我们到主那里。

称为maya的物质能量也是主的多种能量。我们生物体是主的边缘能量。生物体高于物质能量，当高等、低等能量相接触时，产生了不和谐的状况，但如高等边缘能量与高等能量hara接触，就会确立于喜乐不朽的状况中。

Hare、krishna、rama三个词是玛哈曼陀罗的超然种子。它是对主和他的能量的灵性呼唤，寻求对受困灵魂的保护。唱颂恰似孩子见不到母亲时的呼喊。母亲Hara帮助奉献者得到天父的恩宠，主就向真诚地唱颂这首曼陀罗的奉献者揭示自己。

在这虚伪和纷争的年代，再无其他与唱颂玛哈曼陀罗同样有效的自觉之途了。

Harer nama harer nama ,hare namaiva kevalam

Kalau nasty eva nasty eva ,nastye eva gatir anyatha

在这纷争和虚伪的年代，拯救的唯一方法是唱颂主的圣名。再无其他方法，再无其他方法，再无其他方法。

在四个年代的前三个（名为Satya—yuga 、Treta—yuga和Dvapara—yuga），人们有幸可以通过师徒传系去理解超然知识。但在这个年代，人们对此传系不感兴趣，反之创造了许多逻辑辩论之法。这种去明白至尊超然的个人企图（上升程序）并不为《韦达经》所认同。绝对真理必须从绝对的层面下降而来，上升的程序无法使人了解他。主的圣名是超然的音震，因为它源自超然的层面——奎师那的至尊居所。由于奎师那和他的名字并无分别，所以他们同样纯粹、完美、慷慨。

Krte yad dhyayato visnum ,tretayam yajato makhaih

Dvapare paricaryayam ,kalau tad dhari-kirtant

"达到同样的目的，在Satya—yuga要冥想主维施奴，在Treta—yuga要举行祭祀牺牲、在Dvapara—yuga要侍奉主的莲花足，而在Kali—yuga只要唱颂哈瑞·奎师那玛哈曼陀罗。"

　　要明白主的圣名的超然本性，学者们是不能通过逻辑辩论的方法的。唯一的途径是怀着信心与忠诚，去唱颂"哈瑞—奎师那，哈瑞—奎师那，奎师那—奎师那，哈瑞—哈瑞，哈瑞—茹阿玛，哈瑞—茹阿玛，茹阿玛—茹阿玛，哈瑞—哈瑞"。这样的唱颂可以令人从源于粗糙及精微身体的局限中摆脱出来。

　　在这个满是逻辑、辩论、纷争的年代，唱颂哈瑞·奎师那是觉悟自我的唯一方法。因为这个超然音振本身就能拯救受困灵魂，所以它是终极《韦达经》的精华。主布茹阿玛在 *Kalisantarana Upanisad* 一书中，声明了所有韦达文献的精华就是唱颂奎师那的这些名字：

hare Krishna hare Krishna，Krishna Krishna hare hare

hare ramahare rama，rama rama hare hare

iti sodasakam namnam，kali—kalmasa—nasanam

natah para—taropayah，sarva—vedesu drsyate

　　哈瑞·奎师那曼陀罗的十六个词，是特别为了中和卡利年代的罪恶的。要从这个年代的大染缸中把人救出来，除了唱玛哈曼陀罗外别无选择。即使遍寻韦达文献，一个人也无法找到在适合这年代的宗教修习之中，有一种比得上唱颂哈瑞·奎师那。

　　在物质概念中，人自身与名字、形体、性格、情绪、活动是有区别的。但超然音震并不受此限制，它是从灵性世界下凡的。在灵性世界，人的名字与性格是无分别的，而在物质世界是有分别的。假象宗哲学家不明白这一点，故发不出这超然的音震。

*Narada-pancaratra*一书有载：

eso vedah sad-angani , chandamsi vividhah surah

sarvam astaksarantahstham ,yac canyad api vanmayam

sarva-vedanta-sararthah , samsararnava-taranah

所有的韦达仪式、曼陀罗和领悟浓缩为八个词：哈瑞—奎师那，哈瑞—奎师那，奎师那—奎师那，哈瑞—哈瑞，哈瑞—茹阿玛，哈瑞—茹阿玛，茹阿玛—茹阿玛，哈瑞—哈瑞。

一般人对虔诚活动、经济发展、感官享受、解脱生死感兴趣，但对神的爱在它们之上。真实无伪的灵性导师唱颂圣名，声音进入门徒耳中，如果门徒跟随导师的步伐并恭敬地唱颂圣名，实际上是在崇拜超然的圣名。然后圣名自己在奉献者心中扩展其荣耀，当奉献者在唱颂中变得够资格后，就适合当灵性导师去拯救世人了。对圣名的唱颂是极具威力的，逐渐会确立其高于万物的地位，唱颂的奉献者会处于超然的极乐，有时在狂喜中大笑、哭泣和起舞。有时愚人在唱颂之途上制造障碍，但处于爱神层面的人会出于全面的考虑而高呼圣名。结果就是众人皆被唱颂所启迪，借着聆听唱颂奎师那的圣名，一个人就可以记住他的形体和品格。

## 二、唱颂的好处

人人都知道快乐的生活需要健康。饮食恰当，运动和休息得足够，我们的身体便能保持健康强壮。我们如果忽略这些需要，身体便会变得孱弱，抵抗力减退，便容易感染细菌，最后害病一场。

但很少人知道，更重要的内在自我需要灵性的滋养和关怀。如果我们不理会灵性健康的需要，当我们面对负面的物质心态，如忧虑、憎恨、寂寞、偏见、贪婪、厌烦、嫉妒和愤怒，每每感到无比的压抑。

为了抵消和避免自我受到这些难以捉摸的情绪感染，韦达文献推荐我们应该凭借灵修的力量和思想，在我们的生活中要加进一套自省及内在发展平衡的培育计划。

达到心理和灵性全面满足的超然潜能，就在每一个人心中，只需要一个真正的灵修程序，自然便会启发出来。在所有正当无误的程序，印度不受时间限制的《韦达经》告诉我们：冥想哈瑞·奎师那曼陀罗最具成效。

圣帕布帕德在《博伽梵歌》解说中，概括了唱颂哈瑞·奎师那曼陀罗最早的效果："我们有实际的经验，任何人唱颂奎师那的圣名（Hare Krishna，Hare Krishna，Krishna Krishna，Hare Hare / Hare Rama，Hare Rama，Rama Rama，Hare Hare），经过一些时候，便感到一些超然的喜乐，很快便从物质的污染净化过来。"

唱颂的初期，修习者体验到知觉更为清明，心意平和，不受不良欲望和嗜好的困扰。人唱颂哈瑞·奎师那，觉悟便提高，他会感到自我原来灵性的存在。根据《博伽梵歌》，人在这启明境地，心意纯粹，便能看到自我，而且，仅在自我中，便找到欣喜和满足。

永恒的《柴坦尼亚经》，共十七册，集合了主柴坦尼亚的生平及教导的评注。主柴坦尼亚是现世奎师那知觉的创始人，更描述了唱颂最终的好处："唱颂唤起人对主奎师那的爱，使人品尝超然喜乐。最后，他便得亲近奎师那，为主奎师那作奉献服务，就如置身于爱的汪洋里。"人唱颂哈瑞·奎师那，可以得到数不胜数的好处，最后达至奎师那知觉和神爱。有系统地修习曼陀罗的冥想程序，我们总会感受到唱颂的成果。为了了解唱颂循序渐进的效能，其中一些比较重要的好处，如下分开谈论。

### 三、达到心意平和

最初，冥想注重心意（思想）的控制。通常我们都成了心意的奴隶，心意不时制造反复无常的思想和欲望。我们想着一件事，便立即想去做。可是《博伽梵歌》（6.2）告诉我们，修习冥想的人一定要控制思想："克服心意，心意便是最好的朋友，克服不了心意，心意便是最大的敌人。"

人用感官分辨物质和物质的相互关系。满是物欲的心意试图享乐，心意设想无数追求感官享乐的途径。心意既然永无休止，便经常地从一感官对象转移到另一感官对象去。这样，心意便介乎物质追求的渴望和物质损失的惋惜沮丧，常常处于苦恼中。

主奎师那在《博伽梵歌》（2.66）解说："不住于超然知觉，心意纷驰难止，智慧不定。如此，绝无平和可言。没有平和，又何来快乐。"唱颂哈瑞·奎师那曼陀罗，我们便能够控制心意，不被心意驾驭我们。曼陀罗是梵语。"曼"意指心意，"陀"意指"使自由"，所以，曼陀罗是一种超然的声音，能够把心意从物质条件限制中解脱出来。

圣帕布帕德在《圣典博伽瓦谭》中有这样的解说："我们在凡尘俗世的束缚，自物质声音开始。"每天从收音机、电视机，从我们的朋友亲人中，我们听到物质的声音。听到的是什么便跟着去做。就如圣帕布帕德所说："灵性世界也一样有声音。如果我们接触那种声音，灵性生活便从此开始。"我们把心意专注于哈瑞·奎师那曼陀罗纯粹超然的声音，心意便得到平和。音乐的力量足以驯服猛兽，同样，这曼陀罗的声音可以平服我们的心猿意马。哈瑞·奎师那曼陀罗灌注了神的超然的能量，能够克服思想上所有的困扰。就如水静河清，明澈见底，心念不受如波涛汹涌的物质欲望困扰时，所洞察的便变得清明纯粹。纯粹的心念，就如不沾尘埃的明镜，反映出不受歪曲的真实存在的景象，我们便能深入其中，感受生命要一切能经验到的最精粹的一部分——人类的灵性本质。

### 四、自我的知识

《韦达经》指出，灵魂的征兆是知觉。如果知觉纯粹，灵魂便存在灵性世界里。但当灵魂堕入尘网，与物质接触，生物体便被虚假的自我蒙蔽。这虚假的自我困惑了知觉，使我们将自己与这个物质身体认同。但我们并不是这个物质身体，当我们看着我们的手或脚，我们会说："这是我的手"、"这是我的脚"。充满知觉的自我，这个"我"便是这个身体的拥有者和观察者。从智性方面来看，这一点事实很容易明白，随着唱颂而来的灵性觉悟，这真理可以直接地及时常地感受得到。

生物体把自己与这个物质身体认同，不能察觉他真正及灵性的自我，他免不了恐惧死亡、年老及疾病。他害怕美貌、智慧及力量都如昙花一现，瞬息即逝；更感受到其他无数的忧虑及由这个短暂的身体引起的感情变幻无常。可是，透过唱颂，即使在开始的时候，我们可以知觉自己是纯粹不变的灵魂，是一个跟这一个物质身体截然不同的灵魂。因为这曼陀罗是完全纯粹的灵性声音，具有力量把我们的知觉提升回原来不受物质污染的境界，到了那境界，我们再不为嫉妒、偏执、骄傲、仇恨所控制。就如主奎师那在《博伽梵歌》里说："解除了我们对物质身体的虚假认同后，我们便可以感受真正超然的存在。"

达到这真正自我的觉醒，我们也便能够看到其他生物灵性的本质；我们本来的灵性情感便会流露出来，便能够感受到所有生命形式的最终合一。这便是成为解脱了的人的意思。借着灵性的自觉，我们对其他的生物体便不再有敌意、仇恨和嫉妒。圣帕布帕德在帕拉达超然的教导，解释了这较高的视觉。"当人变得完全的奎师那知觉，他看到的不是一只猫、一只狗、一条蛔虫。他看到的一切都是奎师那的所属个体。"《博伽梵歌》里有这样的解说："真正谙熟奎师那知觉知识的人，他自然而然地热爱神所创造的一切。"除非人处于奎师那知觉的层面，又怎能做到"四海之内皆兄弟"！

### 五、带来真正的快乐

每个人都渴望认识真理及得到持久的快乐，可是，物质快乐是这样的有限和短暂，可比拟为沙漠中一小滴的露水。物质感官的享乐及物质的关系无法满足灵魂的灵性渴求，因此，不能给我们恒久的慰藉。但唱颂哈瑞·奎师那可以带来我们完全的满足，因为唱颂哈瑞·奎师那，我们便能够接近神，接触祂灵性喜乐的能量。神充满所有一切的喜乐，当我们跟祂在一起，我们便可以体验到同一的超然喜乐。

在韦达文献中，有这样一个有趣的典故，说明追求物质感官满足的所谓快乐跟唱颂带来的喜乐无法比拟。从前，有一个贫穷的婆罗门祭师膜拜半神人希瓦，祈求一些物质的赐福。可是，希瓦神建议他走到圣人珊那坦拿·哥斯瓦米处，便能一切如愿。当他知道珊那坦拿·哥斯瓦米有一块奇石，可以点出金子，这贫穷的婆罗门便问他可不可以得到这块石头。珊那坦拿答应了，叫这个婆罗门祭师走到垃圾堆中拿这块石头。这个婆罗门雀跃万分地离开，因为只要用这块点金石点在铁上面，他想要多少金，都可以得到。但后来他想到："如果这块点金石是最好的赐福，为什么珊那坦拿会将它放置在垃圾堆中呢？"

他为了好奇，便再回到珊那坦拿·哥斯瓦米那处。这圣人于是告诉他："事实上，这并不是最好的赐福。可是，你是不是已经预备好接受我能够给你的最好赐福呢？"

这个婆罗门们回答说："是，我来这里见你是为了要得到你最好的赐福。"珊那坦拿·哥斯瓦米告诉他把点金石抛进河里，然后再回来。于是，这贫穷的婆罗门便这样做。当他回来的时候，圣洁的珊那坦拿便启迪他，教他唱颂哈瑞·奎师那曼陀罗，体验最高灵性喜乐的方法。

解除因果业报

业报定律是指我们做的每一个物质活动，在自然的安排下，从事这物质活动的人得承受这活动带来的反应。正如《圣经》上所说："种瓜得瓜、种豆得豆。"

物质活动好比种子，开始的时候，做了一个活动，或者是播种，经过一段时间这种子便会结果，活动便会带来报应。陷入活动和报应的罗网中，我们被迫一次又一次地接受物质身体，尝受我们业报带来的命运。但只要诚心诚意地唱颂哈瑞·奎师那超然的圣名，我们便有机会从业报的反应中解脱出来。因为神的圣名贯注了神超然的大能，当生物体与神的圣名联在一起，便可以从永无休止的业报循环中解脱出来。

种子放在锅炉中煮，便不能再发芽，同样，神圣名的力量解除业报活动反应。奎师那就好像太阳。太阳的力量这样大，任何一样物件跟它接触，都被净化。任何物件接近太阳，立即被变成火。同样，当我们的知觉专注于奎师那这名字超然的声音中，主内在的能量便洗尽我们所有的业报反应。在《圣典博伽瓦谭》的要旨中，圣帕布帕德语重深长地说："圣名的能力极大，人只要唱颂圣名，便可以从所有罪恶活动的反应中解脱出来。"

不用再轮回

《韦达经》指出，生物体——灵魂，原是永恒的，但由于过去活动及物质的欲望，生物体便恒常地接受不同种类的物质身体。只要我们一天有物质的欲望，自然定律，在神的指引之下，便一次又一次地赋予我们不同物质身体。这称为灵魂的转生，或轮回。事实上，身体的转变并无什么惊奇，因为即使在这一生我们已经经历了无数的身体转变。开始的时候，我们有一个婴孩的身体，然后有一个儿童的身体，最后长大成人，到最后我们会有一个老人的身体。

同样，在离开我们现有的身体后，我们会再得到另外一个新的身体。

想从这生死循环中解脱出来，我们的知觉便要远离物质的欲望。唱颂哈瑞·奎师那，灵魂自然的灵性欲望便会回复。例如这身体的本质为感官享乐所吸引，灵魂的本质是为神所吸引。唱颂使我们原来对神的知觉复苏，我们也便想侍奉神，跟神在一起。只要我们改变知觉，便可以超越轮回地循环。

在《博伽梵歌》的要旨中，圣帕布帕德谈道："凭一生的思想和活动所累积的结果，影响人在弥留之际的思想，因此这一生的活动决定一个人来生的境况。倘若一个人超然地专注于奎师那的服务，他下一生便会有一个超然灵性的身体，而不是物质的身体。"因此，唱颂哈瑞·奎师那曼陀罗是使一个人从物质存在转移到灵性生命的最好方法。

### 六、最终的好处——爱神

唱颂最终的目的及最高的成果是对神完全的知觉及对神纯然的爱。

当我们的知觉逐渐净化，灵修的进度可以从我们的性格行为反映出来。就如太阳升近水平线之际，我们已经可以感受到温暖和光芒。同样，当对奎师那圣名的知觉在心里复苏，这渐进的灵性觉悟便在我们人格的每一面展示出来。到最后，神与生物体永恒的爱的关系便会回复。在来到物质世界之前，每个灵魂跟神都有一个独特关系，我们在这物质世界体验到的爱，跟这灵性的爱的关系无可比拟。永恒的《柴坦尼亚经》有这样的记载："对奎师那纯然的爱恒常存在于生物体的心里，这并不是外求之物，聆听及唱颂净化生物体的生命，生物体便会复苏过来。"

在灵性世界，我们跟神的永恒及原来的关系里，我们能够直接跟神在一起，我们会有一个灵性的形体，刚好适合我们对神的爱及奉献的心境；在这灵性的爱的关系里，纯然极乐的情况：这时候，心中的光华闪耀得如太阳一样。太阳处于所有行星体系之上，不可能给任何云朵所掩盖。同样，当一个奉献者净化得如太阳一样，从他心中所流露出来的无边喜乐，就比太阳散发出来的光辉还灿烂。

**七、其他好处**

1. 减轻日常压力的堆积，帮助我们摆脱最深层的焦虑和恐惧，体验到那渴望已久的内在深层宁静与精神快乐。

2. 令人头脑清醒，思维清晰，增强决策能力和洞悉事物的能力。

3. 深化内在快乐的体验和满足感，增强自信心。

4. 可以宣泄内心的怒气、怨气或其他消极情绪。

5. 帮助我们调和情绪的波动，培养有规律的生活及克服各种不良生活习惯。

6. 强化内在的美，令我们更有创造力，激发积极向上的心态。

增进你唱颂的成效

虽然在何时何地唱颂哈瑞·奎师那都可以受益无穷，但是唱颂的权威——灵性导师仍然提议，修习者如果采用某些实际可行的技巧，他便可以增强唱颂的效果。

人越念得多，他便越容易能够遵守下列的原则。因为他一边念，便一边得到灵性的力量，培养出更高的品位。人一旦感到从唱颂而来的灵性享乐，便能够更容易放弃妨碍灵性进步的坏习惯。

1. 只要唱颂哈瑞·奎师那，人便自动地想追随灵性生活的规范守则：

（甲）不吃肉、不吃鱼、不吃鸡蛋。

（乙）不喝酒、不服用兴奋剂或麻醉药物。

（丙）不赌博。

（丁）不滥交（婚姻以外的性行为，或不是为了产生具有神的知觉的孩子的行为）。

上述的四种活动妨碍人的灵修生活，令人更依附物质的事物。因此，人一旦参与了唱颂哈瑞·奎师那便不用再干这些事情。不过，唱颂的威力无比，人可以从任何阶段投入唱颂，唱颂会帮助人作适当的调整。

2. 人须定期阅读韦达文献，特别是圣典《博伽梵歌》和《圣典博伽瓦谭》。人只要聆听有关神的事迹，祂不平凡的活动，以及祂超然的逍遥，因与物质世界长久联系而积聚于心中的尘埃便得以清洗。人经常聆听有关奎师那和祂与奉献者在永恒的灵性世界的逍遥，便能完全了解灵魂的本性、纯真的灵性活动，及整个从物质世界解脱的过程。

3. 为了要更进一步不受物质的沾染，人只应吃首先奉献给至尊主、圣化了的素食。人取去任何生物的性命（包括植物），便要牵涉因果报应之内，但是至尊主却在《博伽梵歌》里指出，只要人供奉祂素食，祂便撤销业报反应。

4. 人须将工作的成果奉献给至尊主。人若为了自己的享乐或满足工作，他必定要接受活动的反应。如果人将工作奉献给神，只是为了神的满足而工作，便不会有业报反应。为神服务为神工作不单只能使人免于业报，还会唤起对奎师那潜存的爱。

5. 一个认真唱颂哈瑞·奎师那的人应该尽量与有同样抱负的人交往，这会给人很大的灵性力量。世尊帕布帕德便是为了这个目标而成立了国际奎师那知觉协会，务使诚恳地想知觉神及与神永恒关系的人互相联谊而得益。这些人都正在回返灵性世界家园的途中。

认真念诵哈瑞·奎师那的人结果会想从一位真正的灵性导师那里接受启迪。韦达经典推荐人要接受启迪，这样做会戏剧性地帮助一个人念诵哈瑞·奎师那，帮助他回复原来的灵性知觉。遍布全球的国际奎师那知觉协会具有资格的灵性导师，愿意帮助任何一位诚恳的人去觉悟神。

圣帕布帕德指出，那些想接受启迪的人必须遵守四项规范守则。每天用念珠最少念诵十六圈。奎师那的化身主柴坦尼亚·玛哈帕布将这套每天念诵一定的圈数的方式介绍给现代人。主柴坦尼亚在五百年前出现于印度西孟加拉，他将圣名广传大众。门徒用心的每天完成唱颂十六圈，有助于经常地记起奎师那。

这便是奎师那知觉的要点——永记奎师那不忘。唱颂是恒常保持这种对神的知觉最简易的方法，因为在这曼陀罗音振里所蕴含的神秘能量，令你经常保持与神和你原来属灵的本性接触。神无数的灵性能量——包括祂超然的快乐本能，都包含在祂的圣名之内。因此，从你唱颂开始所感到的快乐，将会远为超越你以前所经历过的任何物质快乐。你越是唱颂哈瑞·奎师那，你便越感到快乐。

在所有山中最高的是喜马拉雅山，在喜马拉雅山中最高的叫珠穆朗玛峰。同样，在所有运动中最好的就是瑜伽运动，而瑜伽中最高的叫哈瑞·奎师那曼陀罗瑜伽。

瑜伽曼陀罗冥想是瑜伽的高阶练习，也是瑜伽的灵魂与核心。曼陀罗冥想入门却非常的容易、浅显，人人都能参与、练习和体验，而且极其有效，同时，曼陀罗冥想的内涵非常的高深，给人们带来心灵深处的神益。

自古以来，瑜伽语音冥想内在修养体系经由传承的导师传递给弟子。因为，未经传承授权的曼陀罗尽管可以同样让人达到心旷神怡的宁静状态，但却无法给唱颂和聆听者带来更高的灵性领悟。也就是说，作为一个参与者，不需要加入任何的宗派或法门，但授课领唱的老师，应该来之正统的传承。

曼陀罗冥想的练习方法：

1. 众人唱和。由一位深有领悟的瑜伽老师带领，或以印度传统的乐器哈姆尼木琴及密当伽鼓伴奏，一唱一和，渐入佳境。

2. 众人齐念。在老师的带领下，各自用令自己舒适放松的音调，在同一个速度下齐念。

3. 单人念诵。独自一人在僻静的地方安坐，手持木珠计数，用平稳的音调和速度念诵。

参与曼陀罗冥想的时候——

1. 别担心嗓音的好坏。瑜伽语音的精神力量，不要求你成为一个歌唱家，虽然经常练习曼陀罗语音当然自然拥有甜美而具有磁性的声音。

2. 不要担心梵语发音不准而不敢开口。尽管开始的时候语音不太完美准确，只要主动参与，仍然会有好的体验。当然，经典中强调，梵语是充满灵性的语言，每一个音节和字母都有着它特定的能量和信息，经过一段时间的练习，自然能够发音准确。

3. 把注意力集中在这语音上，不要增加任何的意想，不需要任何的形象或光，仅仅是声音就可以，把声音本身当作冥想的对象。追随已达自我认知境界的瑜伽师，试着将你的心思和意念休憩在这瑜伽语音中，这就是练习瑜伽语音冥想的真义。

4. 不一定要单盘或双盘腿，可以坐在椅子上或者站着（当然，能双盘很好），关键是必须出于一种非常放松、舒适的状态。不推荐躺着聆听，因为曼陀罗冥想是一种轻灵而最为专注的入定状态，而不是昏沉的睡眠。尽量让身体坐直，自然的直，不是肌肉绷紧的感觉，双肩放松。

5. 随着不断的练习，有些人会找到自己比较喜欢的一种冥想方式。可以独自在静室里练习，可以在海边或公园安静的地方，要自然而然。一般来说，如果能够众人一起吟唱梵音，效果是最佳的，在一人领唱的情况下，我们可以放下一切杂念，只是跟着优美的梵音漂流，获得最美妙的益处。

# 瑜伽真德

瑜伽的终极目标是要个体灵魂和至尊者联系。

## 第 1 篇

# 比尔·盖茨是一个瑜伽师

　　瑜伽师的一个重要品质特征就是总想着怎样奉献，而一般世俗的人整体都是在想着如何去索取更多物质与欲望的东西。有人常问，自己为什么总是不快乐？其实这就是根本答案了。因为我们每天总有许许多多索取的欲望和计划，这些欲望和计划成功与否都不会给我们带来真正长久的快乐。许多欲望失败，我们饱受痛苦，患得患失，计划成功，接着又有一个更大的计划。但人是永远没办法满足我们所有欲望计划的，这些欲望计划好比抓痒一样越抓越痒，致使我们离快乐也越来越远。因为快乐的前提是给予，只有经常思考如何更好地给予和奉献的人，才是一个快乐的人。瑜伽修行之人应该是很快乐的，记得我的老师说过，他刚开始加入一个瑜伽团队的时候就被吸引了。因为这里的人总是给予他东西，而不像其他机构或与其他人相处那样，别人总是想在他身上打主意。这就是瑜伽机构成功的秘诀，也是我们瑜伽人学习的榜样。

　　为什么说比尔·盖茨是一个瑜伽师呢？因为他乐于奉献，因为他已经觉悟到任何金钱物质的东西总是留不住的，时间总会夺走一切。早点奉献，早点解脱。这就好像有人进庙不喜欢朝拜神佛，但到了老龄我们的腰自然就要弯下来了。既然如此，为何不及早行礼呢？同样，钱财迟早也是会离开你的，为什么不及早行善呢？智者明白与其被迫就范，不如自愿奉献。自愿奉献最终是自己求得了善果。

我们不必成为比尔·盖茨那般富有，但我们每个人都可以成为比尔·盖茨式的瑜伽师，就是乐于奉献，毫无保留。瑜伽之父奎师那说过："我们不看一个人奉献了多少，只看这个人为自己保留了多少。"比尔·盖茨拥有数千亿美元，但他都将百分百奉献出来；一个拥有数千元的工人，若他也将百分百奉献社会造福人群，那么他们的性质是一样的，都是伟大的瑜伽师，因为完美瑜伽师的标志就是百分百地奉献。

· 第 2 篇 ·

## 麦当娜的改变，从修习瑜伽开始

所谓人之初，性本善，为何一个天真无邪活泼可爱的小孩，长大后会变成另一个贪婪、色欲、愤怒、妒忌、骄傲、迷惑的人呢？这些人性的缺点又从何而来呢？这就是"近朱者赤，近墨者黑"的古训。

美国巨星麦当娜练习瑜伽后，从一个放荡不羁的女性转变成一个善良的女性。有中国瑜伽之母之称的张惠兰，她自称，练习瑜伽之前曾有不少不良生活习惯，但修习瑜伽后判若两人，成就了现在的她。这样的例子还有很多，数不胜数。因为瑜伽本身就是个修道院，是提供给人类修身养性的圣洁之地。瑜伽通过一系列的修炼方法程序，提倡一套行之有效的健康生活方式，提供完美的健身、养生术，更重要的是提供了神圣品质的教育体系。据说古时候，有个著名的瑜伽师，别人因妒忌他，想陷害他，故找到一个出众的妓女，就是让妓女到瑜伽师处，想方设法诱惑他，然后一举抓住，使瑜伽师身败名裂。但妓女到了瑜伽修院见到瑜伽师后，三天之内，她已经开始忏悔自己的所作所为，为瑜伽师的品质而折服，改邪归正，通过修炼瑜伽成为出名的瑜伽师。

　　人类的优点和缺点都是与生俱来的，关键是看怎样处理这些种子，把这种子放在什么地方，和谁接触。前文已提到，Krishna（奎师那）是瑜伽之父，也是完美的意思。方法很简单，只要我们和奎师那连接上，就等于和完美的品质、完美的人生连接上了。电脑没有插上电源时，肯定动作不来，一旦插上电源就可充分发挥功能了。同样，我们若和完美的瑜伽之父奎师那连接上，一切好的品质自然就会发挥流露出来了。凡与奎师那相关的瑜伽经典、瑜伽歌曲、瑜伽素食、瑜伽圣地、瑜伽图片都尽量多听、多看、多尝，这样肯定净化了我们的视觉、听觉，这一点对瑜伽修炼人至关重要。

· 第 **3** 篇 ·

# 思想纯真的躯体才洁净

　　瑜伽经典记载有一个故事，讲的是有一个人，工作拼搏了许多年，一事无成，钱财所剩无几，于是终日闷闷不乐。最近他找到一个占星学家，询问自己为什么有这么倒霉的人生？占星学家看完他的相格后说道：原来你的命宫里早已注定，无论你怎样拼搏，到最后都赚不到钱，一切只是徒劳无功，浪费时间，浪费生命。那人听后更难过了，希望占星学家加以指点。于是占星学家说，从相格中可以看出，你有一个富有的父亲，只不过他已客死他乡。所以，你现在不必再去瞎忙了，唯一要做的就是找回你的父亲，你是他的合法继承人，自然就可以成为一个富人了。此人听后恍然大悟：自己为什么不早一点了解自己的身世，而白白浪费了大量时光呢？

　　这故事告诉我们一个道理，每个人都可以继承一笔巨大财富，而使生活变得轻松愉快。这笔巨大的财产就是给予爱。但我们却往往忘记了这笔巨大的财富，不去继承拥有，反而变本加厉地去追求那些原本不属于自己或很难追求到的东西，结果一年又一年过去了，我们仍无法拥有更多的快乐和幸福，但已失去了许多宝贵年华。

　　学习瑜伽，我们明白，每个人都有给予别人爱的天性，只是被太多的贪婪、色欲和愤怒等因素掩盖，但通过修炼瑜伽，肯定可以让爱重放光芒。故瑜伽之父奎师那说，在地上播粒种子况且回报参天大树，何况在人间播种爱呢？所以只要有信心，先给予爱，最后肯定有收获。

· 第 **4** 篇 ·

## 让身心灵美起来的捷径

　　瑜伽一词就是和最高快乐连接的意思。世上每个人都在追求快乐，快乐是有源头的。就好像你口渴要喝水，水是有的，但是必须找到水源，若去到沙漠寻找水是越来越口渴，因为找错了地方。同样，快乐是有的，但若找错了地方，找错了对象，只会越找越麻烦。瑜伽馆正是提供了这快乐的根据地，因为瑜伽能令人身心灵健康、平和、快乐起来。

　　身，生命在于运动，要有健康的身体，必须有规律地运动。瑜伽运动是古人采集了世上840多万种生物体的名称命名，这840多万种生物体包括天上飞的，陆地爬行、行走的，水中游的，动的或不动的，故有树式、蝗虫式、猫式、婴儿式、拜日式，每个动作都有来源，每个动作对身体内在外在都有特别的医疗预防作用。确实是博大精深，不可思议。现代人因为生活节奏快，没有什么时间运动，更不会去考虑瑜伽动作式子的由来了。但若能根据自身情况，每日坚持瑜伽运动20分钟，就能达到身体健康了。

心，心灵健康身体肯定健康。现代人或多或少都受愤怒、贪婪、妒忌、色欲、骄傲、迷惑所影响，正如衣服不干净可以用洗衣粉清洁，身体不干净可以用沐浴液清洁。但大家都忽略了心灵不干净的清洁方法。好简单，就像是愤怒，为什么会有愤怒，前提就是先有迷恋的对象事物，然后产生欲望，欲望一旦得不到满足，愤怒就油然而生。归根到底就是因为得不到就产生了很多不好的思想行为了。但若通过练习瑜伽，思想境界就会得到改变，变得想更多的是给予别人，造福他人。因为整个瑜伽体系都是围绕着给予别人身心灵健康，从原始老师到现代老师及学生，你只要接触正宗瑜伽，肯定会得到陶冶，改变心灵，变得美好的。就像一根废铁只要放在火里烧一段时间，这根废铁就不再是废铁，而是具有火一样的品质了。

灵，灵性变得纯洁了，身心更加健美了。瑜伽是使人从兽性到人性进而具有神性的一种修炼过程。身体好，但做好事还是做坏事就很重要了，若做不该做的事，再好的身体迟早也会坏或病倒的。瑜伽就是心和灵的净化。瑜伽也叫阶梯，就是从一层一层步到人生最高层面。例如你站在2楼看风景或站在20楼看风景，感觉是不一样的。同样，有不同品性的人，是会作出不同的选择决定的。就像同样见到森林，有些人就想到砍掉树木赚一笔钱，有些人想到应该多保护，有些人想到让更多的人享受这大自然的恩赐，道理就在此了。见到每样事物能产生不同的心态。瑜伽就是训练人达到人性最高境界，从而有神圣的品质。历史上这么多流传千古的瑜伽师，都是有神圣的品德后教育学生影响后人的。

经典说，在世上这么多山中，最高的是喜马拉雅山，而在喜马拉雅山中最高的叫珠穆朗玛峰。同样，在世上这么多运动中，最好的运动就是瑜伽运动了，而最高的瑜伽就是让身心灵都健康美起来的瑜伽了。

· 第 **5** 篇 ·

# 种善因才能收获善果

"宁做凤尾，不做鸡头"原意是指一个人立志成为一个追求完美的人，哪怕暂时还未达到目标，仅在起点，远比放弃目标转而索取达到另一不是代表正道的事业巅峰为好。在现实生活中，却再现了另一个"宁做鸡头，不做凤尾"的故事。据报道，一男孩刚出校门不久，由于受不良联谊影响，已无心求取正职，一心只想赚快钱，发财致富，竟想到做"鸡头"（意指专职介绍卖淫嫖娼的工作）。因为其他已在从事此类工作的朋友告诉他，这职业每月收入近八千元，在他看来，这职业的收入远比做其他职业强多了，任凭身边亲友怎样规劝也誓不回头。其实，这主要是他不知道世间有因果定律，正所谓种瓜得瓜，种豆得豆。从事不好的事情，肯定有报应的，近报就是公安抓获，被判徒刑，远报是将来是否梦想成真做了公鸡，难说。这例子代表了时下不少人的思想，管他怎样，能多赚钱就行。至于将来结果怎样，就不愿过问了。

　　学习瑜伽，使我们明白了人生更多积极的意义。瑜伽人应该遵守种善因得善果的行为操守原则，一切有违道德操守的行为均应在放弃之中。瑜伽告诉我们，你知道或不知道也好，违反做人的道德行为操守就会被大自然定律制裁。家有家规，国有国法，大自然也有它的法规。并不是说家里人不知道我不法的行为，国家公安机关不知道我不法的行为就可以避之大吉。正所谓天网恢恢，疏而不漏。所有的行为如同播下的种子，一到时候自然就会开花结果的。好比有些人，得到人的躯体就应该好好做人，如做一些违反做人道德的行为，例如乱伦、乱搞男女关系等，或者当事人不知道结果，以为只要防止不生艾滋病、梅毒就万事大吉。再看看猪的身体吧！它们是不用有这方面的行为道德操守的，它们是可以今天和姐姐明天和妹妹发生任何性关系的一族，猪的来历思考一下因果定律或许就明白了。没有人想做猪的，但若因为人的行为操守不像人，你选择今天和这个明天和那个发生性关系的生活方式，可以肯定地告诉你，下世你就会得到猪的躯体，以方便你继续过这样的生活。就好比囚犯就必须穿囚衣生活一样，乱伦的人也只能用猪的身体去生活了。这也是猪的来历和大自然的因果定律。没有人能超越这因果定律，除非选择另一种善行的人生，就是过一种身体、行动守规范，思想、心灵求美善的生活。故瑜伽之父奎师那说过，聪明的孩子，你让他不要玩火，他就遵守；不太聪明的非要玩火被火烧过才会停止，更糟糕的是那些一次又一次地被火烧过又烧的孩子。愿我们都彼此警醒，不要放纵自己，重新树立正确的人生方向，利人利己。

## 第 6 篇

## 名誉是瑜伽师最可贵的资源

一位瑜伽师要收小徒，许多父母推荐小孩到大师处，希望拜大师为师。大师见这么多小孩，就要求他们先回家做一件事，问一问母亲爸爸是做什么的。第二天所有人都回来了，并且一个接一个兴高采烈地告诉大师说爸爸是如何了不起，到最后一个小男孩他说，妈妈说她跟许多男人好过，也不知道他的爸爸是谁，做什么的。众人一片哗然，但也不由为男孩的诚实表现所折服。大师当然收下这个有诚实品质的小孩为徒了。记得我读小学一年级时，老师也问，你们家有电视机的同学请举手，当时因不少人举起手，我也举起了手，说是舅舅家有，其实我家根本就没有电视机。这便是虚荣心及不诚实的表现了。

时至今日，不论是"艳照门"事件还是大大小小的政府各部门检查工作及评比，抑或教育培训都是检查诚实的重要时刻。作为瑜伽教师，只有做到诚实，童叟无欺，别人才愿意安排子女来听你授课。有些知识懂就是懂，不懂就说不懂，这是很重要的。教师不是代表全知全能，承认"无知"丝毫不会失面子，失去声誉，反而增加你的可信度，你的公信力。

## 第 7 篇

# 人一生遇到的七个母亲

母亲节，全世界的儿女们都会以不同的方式来感恩孝顺母亲。在瑜伽经典中指出人类应该感恩回报的母亲共有七个，这七个母亲分别是：

一、亲生母亲

这是灵魂来到这个星球上首先接受到另一个灵魂庇护的地方。是母亲提供了出生前的居处——子宫，并和那婴儿分享一切。血液、营养、情感、智慧、生命力，生命中的一切，并且出生后继续无私付出一切来照顾这个孩子。

二、保姆或奶妈

同样是悉心照顾孩子成长的人，他们视孩子为己出，倾心养育。

三、皇后

就是国王的妻子，一国之君，就如同国父一样，皇后自然就是国母了。

四、老师的妻子

老师意指指导一个人生命达到完美过程的老师，一日为师，终身为父，老师的妻子自然是师母了，老师通常是很严厉的，但师母却以慈爱爱怀孩子，两者互补。

五、婆罗门的妻子

婆罗门是古代属于从事教育和祭祀活动的智慧阶层，是伦理道德、国家法律章程的制定者和权威，故他们的妻子也被尊为母亲。古代基本每个国王和各地的大臣都会有个老师，就是有足够的智慧和德行举行拜祭上天神灵及制定所有统治国家的法律文件的人，与俗称的国师差不多。

六、母牛

每个孩子出生成长基本都需要喝牛奶的，母牛提供了这种人类成长所需，故也被视为母亲。母牛其实就像母亲，一样很伟大的。它吃的是草，但奉献给人类的都是纯洁的牛奶。在瑜伽经典中均明确，对待母牛要像对待母亲一样尊重。同时，若杀和吃母牛罪孽是很重的。

七、地球（大地）

地球母亲就如慈母一样，给予我们一切所需，食物、水、光、空气等，我们也应该学习古人对天地的尊重，不去违反大自然的原则，误用或破坏地球的资源，过量砍伐树木、攫取石油、制造各类污染、杀害地球生物。大地孕育我们，所以我们不应忽略对它们的照顾及爱护，日后更不要随地大小便、吐痰、乱扔东西。

作为一个瑜伽修习者，要将以上知识运用到日常生活中去，规范自己的言行、礼仪。作为一个瑜伽师，更会除自己合法的妻子外，视其他女性为母亲给予尊重。这样就不会有歪念，天下母亲亦俱欢颜。

·第 **8** 篇·

## 十年功夫值两元

　　古代有个男孩，听说喜马拉雅山上有不少瑜伽师，于是一个人就背井离乡去寻师求教。十年过去了，这个人终于返回家乡。很自然地，村里面所有人都急切地询问他，去学习瑜伽十年了，学到了什么，能让大家开开眼界吗？这个人也有意展示一下自己的成就，他就告诉村民，他已经取得了瑜伽的最高境界，可以身轻如燕。他说，我甚至可以在水面上行走。村民就更加好奇了，急着让他展示自己的本领。这个人就带大家去到河边，接着，他展示了从河岸边的水面上走到了河对岸的神奇功能，村民大都惊诧不已。

　　这时，有个老人说："我亲爱的先生，哦，十年啊，你学到的东西只值两块钱。"那个人听了非常生气。"哦，你觉得只值两块钱？""是的，我认为只值两块钱。""为什么？""虽然你能走过大河，但是我付给船夫两块钱，同样也能过河。"

　　联想到近代，我们一代瑜伽宗师世尊帕布帕德有一次，在美国被许多国内外记者围着发问，问他有什么特异功能，并希望他能显示一下。世尊帕布帕德于是请他的学生一个个出来亮相，然后他指着这些学生告诉所有记者："这些学生未跟我学瑜伽前大都是嬉皮士，吃喝毒赌，样样俱全。但自从跟我学习瑜伽以后，你看到他们个个变得纯洁了，长头发理掉，衣着举止优雅，不吸烟、不赌博、不嫖娼、不吃肉等，这就是我最大的特异功能。"

其实，学瑜伽并不是要追求很高难度的动作，或是像马戏团的节目哗众取宠，而是从内心改变一个人的行为，故瑜伽之父奎师那说过，瑜伽是为追求人生完美的人士而设的。就像大学是为追求更多知识的学生而开的一样。

· 第 9 篇 ·

## 不置人于困境

要不置人于困境，就要有慈悲心，设身处地地为他人着想，自己的言行是否令他人伤痛难过。人有不少缺点是需要改善的，其中之一就是容易冲动。就像在马路上或车上不小心发生小碰撞或小摩擦，也会口不择言，大吵大闹到"你全家不得好死"、"你撞车死好了"或大动干戈一场，非要弄到对方处境更惨才是胜利一样。而瑜伽修炼讲求的是慈善，是通过我们的言行让别人感受到舒心亲切友善，就像阳光的存在给人感觉就是温暖，而不是黑夜寒冷使人畏缩。

不被人置于困境，就要有智慧。瑜伽之父奎师那说过，一个真正修炼到位的瑜伽师就像水中的月亮一样。月亮在水中出现，但水的温度不管多冷多热，或水的起伏或高或低对月亮都是没有影响的。同样，我们活在世上，就要面对不同的人和事，对荣辱、得失、苦乐应保持心理平衡。不因别人拥有自己没有而难过或嫉妒，没有敌友之分就不会有恐惧，不计较得失，就不会变得沮丧。

瑜伽确实是一门很好的人生科学艺术，而且适合任何年龄阶层的人士学习。瑜伽就好比楼梯，你上到几楼就会看到几楼的风景，站在八楼和站在六十三楼，看的景色当然不同。同样，大家能过瑜伽这个阶梯，肯定能提升个人智慧，以后对待事物自然有不同的觉悟，有更好的言行了。

· 第 10 篇 ·

## 父子与驴子

有父子两人，牵着一头驴子准备出省城，开始父亲为照顾年幼的儿子，决定让儿子坐在驴子上，自己行走。这样走了一段路，路上的人纷纷议论儿子不孝顺，让这么年迈的父亲走路，自己却坐着驴子。父子俩听到很多人议论，于是又改了方式，由儿子行走，父亲坐在驴子上。这样又走了一段路，路人又纷纷评论父亲不懂照顾幼儿，让这么小的儿子走路，自己却坐在驴子上。父子俩听多了又觉不妥，于是又改变方式，父子俩人一起坐在驴子上，让驴子行走。这样走了一段路，路人又议论纷纷说他们太不像样了，那驴子个子不大，俩人坐在上面，于心何忍！父子俩听了觉得也是，于是两个人都不坐在驴子上，一起走路。又过了一段路，路上的行人又纷纷评论他们父子俩真傻，有驴子不坐，自己走路。

这故事告诉我们一个道理，不论你做什么事情，都会有人说你这样说你那样的，关键一点，我们要掌握着为谁辛苦为谁忙的大原则。就像现代在法国拍卖，中国买家蔡铭超在拍得圆明园流失文物鼠首和兔首铜像后表示"不会付款"一事在法国引起广泛关注，是给国家争光还是给国人丢脸，莫衷一是。从文怀沙老人是国学大师还是江湖骗子，从每年的五一节长假是继续还是取消，总之上至国家总统下至平民百姓做的事情，都有这种争论现象。我们学习瑜伽的人，都要从历史故事和现代生活中受到启迪。瑜伽人应该不受荣辱得失影响，心中只有一个坚定不移的信念，就是想方设法将这美好的文化知识健康生活方式带给更多人，无论你的境况如何，怎样处事，都会遇到各种各样的议论。故瑜伽之父奎师那说过，这个物质世界充满相对，生物只要一天身处其中，难免有是有非。只有和全善的瑜伽连接上，才能不受影响，达到这种超然境地，瑜伽称之为神定。

## ·第 11 篇·

## 把对女性肉体的追求变成对真理的追求

报纸报道：白云区机场路美嘉华淋浴会馆半夜发生火警，而让人惊奇的是很多客人在熊熊大火中仍不离开，披着大毛巾裸身在寒风已起的室外，只等火熄灭后继续按摩放松。门外同样站着十多名穿紫色迷你短裙的女技师。这些都是男士们不达目标非好汉的有力支持者。古代也有个瑜伽大师，他未修行前曾经遇到过一个妓女，有次思欲过度，决定去找这个妓女。但当晚雷雨交加，他冒着被雷电击倒的危险，快速赶路，走到半路，一小河已变成大河，水流很急。他环顾四周没有船渡，但见一具尸体浮于水面，他冒着被潮水冲走的危险，奋不顾身跳入河中，抱着尸体就游了过去。接着去到妓女的门口，门已上锁，忽见一条大蟒蛇像大树一样在房屋边，他又冒着被蛇咬死的危险，再次不顾一切抱着大蛇爬上去然后跳下去。他敲开妓女的门，妓女打开门，他说明来意，只为跟妓女好好享受一下。妓女看到此景此情，大吃一惊，她说，难道我的肉体对你有这么大的吸引力，值得你冒这么大的危险来。如果你把对我肉体的这种追求变成对人生真理的追求，你的人生肯定成功啦！男的一听，羞愧万分，恍然大悟，他谢过妓女，随即翻身跳过墙，立誓修行，终成一代瑜伽大师，女的自然就成为他的导师了。

瑜伽也讲究身体的沐浴、按摩，练瑜伽的人每天至少应该淋浴三次，这样，可以保持身体干净，头脑清醒。同样建议身体按摩，这样确实可以促进气血循环，保持身体健康。而现代似乎心灵的清洗按摩比身体的清洗按摩更需要，我们不能因为身体需要清洗，就脱下一件脏衣服放在水里冲洗了事，而忽略了清洗身体。同样，我们不要以为只是躯体需要清洗，而忽略了心灵更需要清洗。故瑜伽之父奎师那说过，不管从任何人那里接受知识，哪怕这知识来自于平凡的人，都应该视为老师。瑜伽的市场很大，建议以后按摩女郎先来修炼瑜伽，遇到一些沉迷于此道的人就献上一句瑜伽良言，渡人一生，就善哉善哉了。

·第 12 篇·

## 生命来自生命

前段时间在英国生物学家达尔文的200周年诞辰时，世界各地正通过不同形式怀念他。而关于他的进化论至今却一直饱受争议。争论的要点是：人类是由其他生物进化而来还是上帝创造出来的。在我们学习瑜伽时，包括我是谁，将来会到哪里去，这世界是什么，诸如此类的学问将会学到。我们看到，我们的生命首要源自于父母。父母就是活生生的生命，故生命来自生命。照此类推，我们的父母也应由有生命力的东西繁殖下来，这是不争的事实。有则故事，说的是孩子问父亲，火车是什么，父亲让孩子去铁路附近看看。孩子看完回来说，火车就是每天无论什么时候都很快就经过，来回转来转去的。父亲接着告诉孩子，你去到火车站终点，等火车停下来你再上去看看。孩子按照父亲的话去做，到火车站，等到火车停下来，他上去一看，才明白原来火车是司机控制，故能来回飞驰，火车里面原来还有很多人，分别坐在一等车厢、二等车厢里，还配有许多东西及设备的。就好比我们现在也认为地球就是这样可以在空中转来转去。而地球上又有大西洋、太平洋等汪洋，亦有巍巍高山和摩天大楼及芸芸众生，虽负着这样的重量，地球却还像一团棉花一样浮于空气中，每天有规律地转动，这究竟是怎么回事呢？学习瑜伽，里面的知识包罗万象，宇宙观、世界观、人生观，这些都可以开阔我们的视野。当我们明白我是谁，生命是永恒的，短暂的不过是躯体；明白我将要去哪里，去哪里是由我们的行为决定的，正所谓是坐头等舱还是坐三等舱的火车，（故有天堂和地狱之说）我们就会反省节制自己的行为了。瑜伽之父奎师那说过，瑜伽这项知识是教育之王，故易令人觉悟，知觉自我。

·第 **13** 篇·

# 有慈性就有磁性

通常，一个人的吸引力都是通过拥有财富、名望、美丽、智慧、权力等体现出来。如何使自己变得有魅力、有吸引力，这是每个人都渴望的，通常的情况下也是通过以上拥有变得有吸引力。为什么美国总统竞选能吸引全世界的眼球，因为这是权力之巅。为什么每年的世界富人排行榜能吸引全球媒体的关注，因为这些是富甲一方的人。为什么偶像明星们每到一处，都能吸引那么多"粉丝"，因为这些人名扬四海。为什么每年的世界美女选美都能吸引无数人，因为这些人美丽绝伦。为什么某某大师光临或现身某处都能吸引千万信众，因为这些人博古通今，充满智慧。世俗上的权力、财富、名望、美丽、知识这些是很有吸引力的，而这些名称若能与慈善联系起来，就更具吸引力了。

所谓慈性就是奉献，这是人性的光辉和本性。好比蔗糖的本性就是甜的，黄连的本性就是苦的，万物皆有性。同样，人的本性就是奉献和给予，只有恢复这个原本的人性，不但会变得更开心、更快乐，而且肯定会变得更有吸引力。其实变得有吸引力道理很简单，就是恢复奉献善良的本性。瑜伽作为一个能流传五千多年历史的文化，肯定不是仅仅凭几十个动作流传至今，而是瑜伽最终能让人性的爱和奉献本性恢复并发挥出来。瑜伽几千年流传无数的事例足以说明修习瑜伽能达到这个功效。所有的名利若最后没能与慈善奉献本性联系上，也是枉然的。通过医治可以让患者康复，通过清洁可以令脏物洁净，同样的，修习瑜伽可以令欲望纯洁。故瑜伽之父奎师那说过："修习瑜伽的目的就是使人变得有爱心。爱心通过奉献体现出来，奉献不是看你奉献了多少，而是看你为自己保留了多少。"

·第 14 篇·

## 愿上帝助我

这是美国总统奥巴马在就职总统宣誓时的一句话，也是历届美国总统大都选择的一句祷文。相信他们并不仅仅停留在仪式、口头上，而是他们认识到上帝对他们完成使命的重要性。有一则故事，说的是古时候有个人想做一番大事业，别人告诉他，他若能得到一位大人物帮助，肯定可以成事，还建议他到当地一位大财主处寻求帮助。于是他想方设法先到大财主处工作，期望以后再干一番事业。不久，他发现大财主经常要去朝拜当地一位大官员，于是他又想方设法到了大官员身边工作；但不久他又发现大官员也要经常去朝拜当朝丞相，于是他又想方设法去到丞相身边工作；但不久他又发现丞相也要经常去朝拜国王，于是他又想方设法去到国王身边工作；但不久他又发现国王每天都要去庙宇里向神祈祷，让他治理的国家国泰民安。此时，他才大彻大悟，原来，国王也需要求助于上帝。最后，他辞去所有工作，直接去庙里从事侍奉上帝的工作了，并最终修成人生正果。这些都说明，他们都意识到，要做好一件事，有赖于上天的帮助。瑜伽很清楚地告之这是生活的艺术。瑜伽之父奎师那说过，任何一件事情的成功，离不开二种因素，一是自身努力，二是上天帮助。此二项因素缺一不可。好比一个农民，不是他很勤劳地耕耘，就肯定会有丰收，还取决于风调雨顺，不然一场天灾足以令收割成泡。同样，就算天天风和日丽，日日阳光普照，但你若懒惰成性，不去播种，是不会有收获的。正所谓谋好事在人，成好事在神。总之求财求权都好，关键是你需要这些成果后想干什么？若是为众生谋幸福，相信上帝定会助你一臂之力。但前提是先许下誓言哦。

## ·第 15 篇·

## 生活简朴可达到思想崇高

现代人大多处于忙碌的生活状态中，以为发财以后就可以安居乐业，谁知大多数人已拼搏多年非但没有苦尽甘来，相反却已精疲力竭，稍微有些建树的人也不见得已经安居乐业，而是变本加厉、废寝忘食地投入工作生活中，这是现实生活中的真实写照。这主要是我们错误地理解了生命的目标。生命的目标主要是通过简朴劳动，获取资养身体的正常所需，以健康的身体和足够的精神去学习生命的意义，并尽可能帮助别人进步提升，以此达到生活安康。因为上天已提供了足够的生存便利，诸如：五谷、水果、牛奶、木材、石块、糖、丝、珠宝、棉花、盐、水、阳光、空气、蔬菜等。而且是源源不绝地提供，没有刻意的破坏及剥削，这些是足够养活全人类的。只不过我们大都生活复杂化、思想自私化，总想获取更多物质以求更舒适更安乐。但这不是正确的生活方式。为什么我们以前的红军战士精神总是那么饱满，为什么他们的情操总是那么高尚，为什么他们总是那么纯朴，虽然他们的物质条件没有我们现在这么好，就是因为他们的生活简单朴实，而且心系造福老百姓。其实这就是瑜伽精神。瑜伽在五千年前已经告诉世人，这是人类最佳的生活方式。思想崇高者就好比"吾貌虽丑，却要肥天下人"一样的思想觉悟。一个思想崇高的人的标志就是见到其他生物不愉快他会不开心，见到其他生物开心他愉快，所以，一个思想崇高的人总是乐于去帮助深受物质痛苦的人解除痛苦，给大众带来良方，而且是不辞劳苦，不计个人得失，只是专注传播福音，帮助他人离苦得乐。

瑜伽之父奎师那在瑜伽经典中说过："没有人刻意追求失败、烦恼、痛苦，但这些东西会不求自来。同样，成千上万人都努力追求名成利就，但这些东西也不是你去拼命追求就会得到的，要来的时候也会不请自来。"所以，我们不要浪费生命去追求物质层面上的成功，应安守生活简朴之道，同时更多地专注于心灵道德的培育，成为一个传播美善的老师。

·第 **16** 篇·

## 住天堂靠的是德行

翻开报纸杂志，铺天盖地的售房广告，无不标榜所购的楼房如何高贵非凡，独享湖景山色，装修美轮美奂，设备应有尽有，享受王者服务。一幅人间仙境显现眼前，但最后一点，若要购买入住，小则一百万左右，多则几百万。这个价钱对普罗大众来说简直是天文数字，真是比登天还难！我倒是想出一个天堂招人住的广告。青山绿水，鸟语花香，天鹅仙鹤起舞，童颜鹤发欢声笑语，没病痛，没死亡，没罪恶，没欺骗，没忧伤，充满喜乐充满智慧充满幸福的永久居住之地。入住唯一条件，德行好者即可，世人皆具此条件。所以任何人都有资格往此居住。

学习瑜伽我们知道，人生不是平等的，有些人一出生就肥白健康，有些人一出生就体弱多病，有些人一出生就大富大贵住在皇宫，有些人一出生就贫困交加住在灾区。这当然有先天因果定律，但后天的努力却是不可或缺的。每个人通过今生的修行努力都会改变命运，通过修为自己的德行，拥有好的人品为人生首选。因为人拥有好的品质比拥有金钱更重要，储存好的德行比存储任何货币更增值。有短暂就有永久，既然想追求一个安乐窝，就要考虑一劳永逸。修炼瑜伽，不仅是健身，瑜伽确实能启迪人生。今生的努力修行美德，有美德自然有资格条件入住美景啦。故瑜伽之父奎师那说过，美德的人，情欲的人，愚昧的人所选择住的地方是不同的。正所谓物以类聚，人以群分。人间况且如此，天堂就更不用说了，希望来世长住天堂，今生尽快修炼瑜伽。

·第 17 篇·

## 赞颂伟大的母亲

据新闻报道，广州一家三口，一对老来得子的父母携带刚出生不久的女儿出街，本是享受人间天伦之乐时，谁知天有不测之风云，人有旦夕之祸福，一块大石头从高处落下，正好击中小女孩，这不但结束了这幼小的生命，而且给这对父母带来了难以想象的巨大痛苦。事后查明这飞来之物是出自一位12岁男孩之手。当时他正和几个小朋友玩耍，不小心抛出砖头，就这样使这两个家庭陷入困境中，幸运的是在各界人士的帮助下，两个家庭达成彼此谅解和关怀协议。确实使人感动，而最令人感动之处是：作为失去幼儿的母亲凌永梅表示"我不恨那抛砖头的孩子，也不恨他们家，希望他们以后好好教育孩子。至于赔偿，我们也不想看到他们家为了赔偿款，弄得以后回家都没有地方住。因为他们家比我们家更困难"。这几句朴素的话语，足以道出作为母亲的伟大和人性的善良。

记得古时候，有位女瑜伽师叫昆蒂，她家有个儿子，但在一次战斗中，她的儿子被人用奸计陷害致死。作为母亲，她当然是悲痛欲绝，不久战士把陷害她儿子的凶手抓住了。大家一致认为要处死凶手。此时，凶手的母亲也来到现场，大家就等昆蒂一句话就处死凶手。这时，昆蒂请求国王宽恕这凶手，并对着凶手的母亲说，我刚失去一位儿子，明白失去儿子的痛苦，所以我不想这位母亲承受失去儿子的痛苦。只要这位母亲日后好好地教导儿子，请大家饶恕他吧！最后国王按昆蒂的意愿宽恕了这个男人。以上两个事故不管有意或无意，时间地点同或不同，但有一点相同的是，以上两个都是失去孩子的母亲，同时以一种无比的人性光辉——母性的宽容态度处理事情。她们的言行确实告诉我们母亲的伟大。故我们作为瑜伽修炼之人，经常向女性使用一个问候语，就是mataji（玛达吉）。这意思是从言行举止中应尊重每一位女性，把她视为母亲一样去尊重。瑜伽之父奎师那说过，除了自己合法的妻子外，其他的女性应视为母亲般尊重。

·第 18 篇·

# 上帝的考验

据前几年羊城晚报的报道，一在穗打工的父亲被车撞成重伤危在旦夕，儿子向众多部门求救救命钱用来手术治疗，因相关部门持墨守成规的工作方式（核实来龙去脉），钱未筹到父亲已走了。

从前，有一个国王不仅爱民如子，甚至出生在他国土的动物都得到保护，自然是国泰民安，生态和谐。有一次，上帝为考验国王，派出两位神仙分别扮成老鹰和小鸟，老鹰正追赶小鸟要吃掉它。小鸟四处逃命，最后遇上国王，小鸟飞到国王身上寻求救命。国王请求老鹰放过小鸟，但老鹰告之它也要进食，维系生命。国王继而相告可用他身上同等分量的肉取代小鸟。老鹰同意，国王从自己身上割下肉，放到天平上称，但每次分量都差一点，到最后国王干脆完全奉献自己给老鹰。这时上帝派来的两个神仙才恢复原貌，告之国王真相。从此，国王的慈悲心更是神人共尝，天下共知了。从故事中我们也看到国王在救助小鸟的同时也遇到实际的问题，就是老鹰也需要进食，但因更弱小的小鸟有求于他，国王毫不犹豫地挺身相助。故事在上帝的安排考验中完美结束。现实中的在穗打工的父亲又何尝不是上帝派来考验我们的呢？在解决求助中肯定会有实际困难，若我们都能力所能及出手相助，相信定能感动身边的人一样挺身而出，举手相助。

学习瑜伽，我们知道，人有三急是刻不容缓的，一是火烛救火，二是借债还钱，三是有病看医。火烛时，就要千方百计救火，是没时间研究起火原因的，若等研究起火原因再去救火恐怕为时已晚了。同样，人出现病危，肯定是救命第一的。先不说像国王舍身相救的例子，现代中也有许多甚至在战争年代敌人、俘虏等出现病危也人道相救的例子。何况是在和平年代。正所谓本是同根生。但愿我们都能从上帝的考验中反省升华。故瑜伽之父奎师那说，从我身上看到众生，从众生身上看到我。所以我们都应该思己及人。要明白，我们经常帮助别人解决困难，当我们遇难时，上帝就会来帮助我们了。

·第 19 篇·

## 在复活节里让心灵复苏

复活节通常是用来纪念耶稣基督遇难三天后复活的节日。对一般人来说，人死而复生，是不可思议甚至是难以置信的。但耶稣留给世人的传世经典《圣经》却是活到两千多年了，而且确实是令许许多多人死而复生了。

现在我们谈论更多的是经济复苏、股市复苏，却甚少谈到人性的复苏。正所谓人之初，性本善，如何才能令我们的本性复苏呢？任何的经济复苏、股市复苏都是保持一段时间后势必又再回落。周而复始，又升又跌，因为这是物质自然定律。就像我们坐摩天轮一样，从最低开始升到最高处，但你不能永久停留在最高点，始终要从最高落到最低的。人生何尝不是像坐摩天轮一样，这一低一高之间就如从一无所有到拥有万千又再到一无所有，这些大多数人都可从第一次生命中体现到。

　　学习瑜伽，我们知道人的一生有两次诞生复活的机会，一次是经过父母男女的交合，诞生出的生命，这个生命是难能可贵的，因为得到了人的躯体。但这一次生命是没有保障的，因为躯体随了必经正常的生老病死之外，还要经受许多无法预测的自然灾难，随时都会有生命躯体完结的可能。所以许多人还未能明白人生的真谛时生命已终结了。但如果一个人够幸运在有生之年遇到一位真正的纯正瑜伽师，那么他的生命就成功了，因为这被视为人生的第二次诞生，也即复活。因为他这次复苏，是心灵的复苏，是恢复纯洁真善的一面，这种复苏是不会随着躯体的终结而终结的，不然不会有人说，有些人虽活着，但已经死了，有些人死了，仍然活着。故瑜伽之父奎师那说过，趁自己还有人体生命，赶快修行吧！是的，不要浪费时间，虚度光阴，把时间消耗在无穷无尽的感官享乐纵欲生活中，赶快修炼瑜伽吧！每个人都会有复活的机会。

·第 20 篇·

# 默念瑜伽心经的驱魔术

　　3月21日是世界睡眠日，据权威部门负责人说，世界上有80%的人有过睡眠问题，而更严重的是很多都有过"鬼压身"的睡眠遭遇。患此情况者，基本上是睡眠后清醒，而全身动不得，说不出话，眼睛又睁不开，身上似乎有东西压着。有种呼天天不应，叫地地不灵的感觉。医学上的说法是身体过度疲劳、正气不足所致。而民间的说法是"鬼压身"。我未学瑜伽时，真是亲身体验过这种现象，感到很难受。相信其他人遇到此情况，想必已通过各种方法要去除此症，但收效不一定理想。我后来幸运接触到瑜伽及学习瑜伽，只是通过简单的一个方法就已达到效果，而且很灵。后来凡有这样遭遇的亲友询问，我都一一奉告，他们一试，个个都百试百灵。今日得知这世上还有许多人受此遭遇，更有甚者还不知怎样去解决烦恼的，本人愿将此千年秘方奉献出来，让更多人摆脱困扰。此方就是，当遭遇身体动弹不得，口说不得话，眼睛睁不开时，但有一点就是意识知觉是醒的，就通过这意识知觉呼唤：Hare Krishna Hare Krishna Krishna Krishna Hare Hare（中文译音：哈瑞—奎师那，哈瑞—奎师那，奎师那—奎师那，哈瑞—哈瑞），人的全身器官，唯一只有耳朵是在不能动弹时，还能听到声音的。所以通常人在噩梦中耳朵通过听到闹钟声音便可以醒来，道理就在这里。这是一个神奇的瑜伽心经，具备神奇功效，要点是平时要熟记，不然临床会遗忘或者太慌忙而记不起。正所谓熟能生巧，当然这瑜伽经的功效远不止于此。

## ·第 21 篇·

## 瑜伽师收门徒具备哪些资格

　　瑜伽几千年流传下来，都是由有资格的圣哲一代又一代地传授下来，才得以传承。每一个传授正宗瑜伽的导师除都有个人天赋外，都能严格遵守此六项操守。瑜伽之父奎师那在瑜伽经典明确指出，要能传授纯粹瑜伽者必须：①清醒节制的人能够控制说话的冲动。因为每人都有说话的能力，但若只是说废话，就是浪费时间、浪费生命，或者有些人修习整天不说话，这也不对，真正叫控制说话的能力是，只是灵唱及讨论对瑜伽灵修有帮助的话题。②控制纷乱的思绪（心意）。正所谓思绪万千就是因为世界上有太多虚幻及令人躁动不安的功利欲望、感官享受、诱惑，一个人只有专注于《博伽梵歌》中的教导修习爱心瑜伽，才能控制这纷乱的思绪。③控制愤怒的行为。修习瑜伽之人，都将自己当成路边一棵小草，像小草一样那么谦卑，比大树还要宽容，摈弃一切虚荣心，随时向别人致敬，他们以此为行为准则，故能控制愤怒。④~⑥为控制舌头、肚子和生殖器的冲动。躯体的需求可以分为三类：舌头、肚子和生殖器的。我们可以看到，这三个感官在身体上是处于一条直线上的。躯体的需求于舌头，人若能限制舌头只吃净化过的食物（供奉给瑜伽之父奎师那的素食），就能抑制舌头的需求，肚子和生殖器的冲动也就自然能得到控制。

总而言之，能控制说话、思绪、愤怒、舌头、肚子、生殖器冲动的人，就被称为哥斯瓦米（GOSVAMI），意思即感官的主人，除非能控制自己的感官，才能被称为感官的主人，否则就被称为感官的仆人。当人通过训练，就能控制自己的以上六种冲动，便有资格在全世界内收门徒了。我们每个瑜伽老师若都能严于律己，瑜伽定能在中国发扬光大。

· 第 22 篇 ·

## 活着就是为了他人的利益

2011年是中国瑜伽联盟凝聚爱心的一年。2011年6月，我们在中国广州锦汉展览中心承办了首届中印瑜伽文化节。首次在中国举办有五千年历史的曼陀罗瑜伽演唱会。让瑜伽人感受到中印瑜伽完善合作的甜美果实。

2011年9月，我们在广东国际体博会上又迎来了第五届瑜伽丽人大赛，倡导弘扬女性美德、美貌、美体。比赛现场观众或者只有几百人，但通过电视或视频等看到表演的将会有千千万万人。躯体有分男女，项目比赛有分男女，但美德是不分男女的。我们就是要把美传播出去。任何一个瑜伽老师都可以通过传播美德将瑜伽发扬光大。

我感谢许许多多的朋友一直对我无私的支持和帮助。特别是上善瑜伽邓林馨，兰州中惠瑜伽周惠玲，徐州恒河瑜伽王彩云，新疆恒河瑜伽龚凡迪，上海哈瑞瑜伽崔生英，等等。你们都是在我最困难的时候给了我很大的帮助。说实话，一个机构创办容易，维持艰难。因各种原因，我几度想放弃，但一想起瑜伽之父奎师那说的一句话"一个人活着就应为了他人的利益"，就坚持下来了。人生道路上，我曾经也跌入万丈深渊，是瑜伽把我拯救了出来。好比一个病入膏肓的人，若有幸吃过一种治疗好疾病的药，是有责任去告诉其他病人的。同样，瑜伽可以使我们每个人身心灵都健康，所以我愿意继续坚持。

同样，我在此也对各会员深表歉意！因为我的经营管理头脑一般，所以未能给你们带来什么大的回报。但只要我们坚持用正确的思想去播种，肯定会开花结果的。也希望新一届的瑜伽联盟齐心协力和广大的瑜伽之友加入瑜伽联盟，共同播种，将瑜伽美丽之花传播到神州大地。身体的健康会随着心灵的健康而自动到来。同样，人的美丽也会随着美德而自然展示。所以，我们每个瑜伽人或瑜伽馆，都应彼此努力传播美德。

（备注：2011年将大家的爱心，汇聚成五千张瑜伽音乐CD免费派发到全国各个瑜伽馆）

2011年9月26日

·第 **23** 篇·

# 瑜伽丽人能将女性的美德传播

以"弘扬中华传统美德，推广瑜伽健康生活"为主题的中国瑜伽丽人选美大赛于10月5日闭幕。来自全国各地的瑜伽丽人角逐了这次大赛，通过瑜伽展示各种美态的最美丽的瑜伽丽人也由评委们评选出来了。选美有许多种，审美标准古今中外各有不同，作为瑜伽为何要选美？美的标准在哪里呢？

圣人说过："一只布谷鸟的美在于它的歌声，一个男人的美在于他的宽容，一个女人的美在于她的忠贞"。布谷鸟是很黑很丑的鸟类，但它的声音动人，故获得了赞美。同样，女性不一定个个都要天生丽质，千娇百艳，只要流露散发出女性特有的美：害羞、尊重长辈、声音甜美、能歌善舞、爱护他人、慈悲为怀等，自然就能获得别人的赞美。而最重要的一点是：忠贞。古代的女性一般都是从一而终，甚至一旦他们的丈夫离世，她们宁愿选择跟着火葬，因为她们觉得失去爱人的痛苦比在火中燃烧更难受。现代估计就不行了。一旦分手，可能有些人会很开心，因为又可以找其他人了，现代社会不可能模仿古时候了，但最起码女性的基本美德要保留及发扬，就是贞洁。这需要社会的共同努力和宣传。因为这关系到一个社会的和谐稳定。若女性得不到应有的教育培训保护，则很容易失去智慧底线，滥交异性。结果造成不是堕胎流产就是生下不想要的孩子。这些孩子从小因得不到应有的教育及关爱，长大后对家庭、社会又产生另一种叛逆的心态，他们以后又组织同样的家庭，不良作风蔓延，对社会和谐发展造成影响。所以必须从根本上防患于未然，从小教育好孩子，洁身自好。更但愿我们的瑜伽丽人能将女性的美德传播出去，瑜伽之父奎师那说过：一个普通女性只要流露出女性独有的羞涩，比一个富有却放荡不羁的女性更能赢得别人的尊敬。

· 第 24 篇 ·

## 施道胜于所有的布施

施道胜于天下万千所有的布施。教师节应是表彰、纪念、缅怀一些为人类社会作出贡献、为人师表的模范人物。弘扬歌颂他们无私奉献，乐于施道，传播真理的精神。像孔圣人、耶稣、释迦牟尼等等都是伟大的老师。他们并不向学生传授赚钱快门或获得最大经济效益的学问，但他们都被世人视为最优秀的老师。因为他们传播人生真理，使人性向善，使人类文明。

在人世间，能布施的包括四项：布施财力、布施人力、布施物力、布施智力，而起决定作用的就是智力了。就像身体最重要的是头脑，手、脚、胃等都是通过头部起指挥作用一样。布施智慧就是传授真理知识。我们可以用财物、人力等帮助一些需要帮助的人，但都是短暂性的。好比饥饿施米、寒冷施衣、病痛施药等等，这些都有好处，但终归是治标不治本。因为这世界的快乐与痛苦、健康与疾病都是反反复复不停地在人类身上发生，是没有办法停止的，所以无论怎样布施完接着又有另一个新的问题需要解决。例如一掉进一个盐海，你尝到的每一口水肯定都充满咸味，这就是这世界的真实现状。所以，智者立即觉悟人生，通过学习经典向圣人学习摆脱物质生存痛苦，同时给予别人正确的人生观、世界观、宇宙观，才能使人真正摆脱困境，才能恒久离苦得乐。

我想，瑜伽师也应列入教师行列。因为真正的瑜伽师肩负帮助人类解除疾苦、得到快乐的重任。他们就像人生之旅的导游，航海中的船长，迷途中的指南针。真正的瑜伽师他们没有个人的物质动机，恒久地从事传播福音真理的工作。这样的瑜伽师，每逢他们的生辰日，都有许许多多的弟子发自内心地为老师庆祝，歌颂老师的事迹，启发后人，鼓舞人群。瑜伽之父奎师那说过：一流的教师必须是既能说又能做的。意思即是：只有传授者自身做好榜样，才有力量传授正确的人生知识。

## 第 25 篇

## 瑜伽奏出新年和谐新曲

瑜伽自古就有和谐、协调、平衡的意思。类似中医讲究阴阳平衡协调，所以有益身体健康。

新年是一个充满吉祥、喜庆、振奋人心的欢乐日子。这也是瑜伽给予别人健康快乐的真谛。一首快乐的旋律当然包含了不同的音调，正是这不同的音调，才奏出顺畅快乐的乐章，带给人类快乐。同样，人类社会普罗大众身份、层面、地位不尽相同，当然有不同的声音，但只要都是盼望和别人分享的表达，这声音就悦耳了。瑜伽正是给予别人分享健康快乐身心的意思。我记得我的瑜伽导师曾经说过，他为什么愿意在瑜伽团队里学习及成长，最后也乐意去奉献给予别人，原因就是他一开始接触瑜伽人的时候就觉得别人只想给予东西他分享，不同其他地方交往的人群，和他交往只想从他身上索取东西。这就是瑜伽的人生艺术，也是很完美的人生境界，与人交往、与社团交往，我们首先想到怎样给予别人，这就是快乐的根源。就算是索求，也是为了更好地给予，这样的人生肯定充满快乐。

在瑜伽典故中有个故事，有一次别人问瑜伽之父奎师那，怎知此人是否修炼瑜伽呢？奎师那告诉他很简单，让此人晚上来看看，到时会有两桌的人在吃饭，看完就知道谁人在修炼瑜伽了。晚上此人来到，奎师那告诉他念了一个曼陀罗（类假咒语），他们吃东西时手是不能弯曲的，然后让此人去看个究竟。此人先去到第一个房门口，就听到门内发出吵闹、拍桌子、扔东西等嘈杂声，非常刺耳，打开门一看，哗！一桌子都是美味可口的食物，但因为他们的手要不能弯曲地吃进食物，故个个都很愤怒，发出喧闹的声音，整个气氛乱七八糟。此人赶快关门去到第二个门口时，就已经听到里面欢声笑语，他打开门一看，里面桌子上的食物一模一样，他们的手也是不能弯曲吃食物的，但他们都是你夹给我吃，我夹给你吃，互相给予，故发出悦耳的声音，一团和气。

这不仅是修炼瑜伽和不修炼瑜伽的区别，而是通过这个故事告诉我们，和谐快乐和痛苦烦恼的根本所在。第一张桌子的人烦恼痛苦的原因在于他们见到好的东西首先想到的就是自己尽快享用；第二张桌子的人快乐和谐的原因在于他们见到好的东西首先是想给予别人分享。同样的地方、同样的食物、同样的人群，但发出的声音就有吵闹刺耳与和谐快乐之分别了。虽然，我们有不同的肤色、不同的身份、不同的状况，只要大家抱着给予更多人分享的心态，一定能奏出同一首新年和谐快乐的新曲。欢迎新年大家都来修炼瑜伽及愉乐大家。

## 第 26 篇

# 欢度瑜伽圣诞节

瑜伽历史上，出现过许多圣人，以后在他们生日的时候，瑜伽爱好者及他们的徒孙、儿孙都会欢聚一堂，以特别的方式共度美好时光。例如瑜伽之父奎师那的生日纪念，每年一般都是在9月份左右。

这时候全世界千千万万的瑜伽人士就会在全世界各瑜伽中心举行特别的纪念活动。人们一大早约四点钟就起床，洗漱完毕后就开始祈祷、念诵、练瑜伽、持戒食（整天不喝水、不吃食物，晚上12点过后再开始素食大餐）。一整天的活动还包括忆念瑜伽之父奎师那流传5000年的瑜伽故事、逍遥时光及瑜伽小品、表演、瑜伽歌舞，最后大家会呈献108道美味可口的素食，招待来自四方的亲朋好友。整个活动喜庆洋洋、欢乐满堂，让人感觉就是奎师那的诞生出现一样吉祥。我欢度过许多次这样的圣诞节日。说来神奇，一整天不吃不喝也不说累，其他很多人也有同感，因为大家都为这天的来临而喜悦，甚至忘记了饥饿。因为圣人的来临意义重大，能给予众生福乐。

圣诞节的意思就是纪念圣人诞生的特别日子，圣人当然是能造福后代，方能受到大家的纪念庆祝。在瑜伽历史上，确实诞生过许多这样的圣人，他们并不靠获取多少物质财富、拥有多少名贵珍品而流传千古；相反，他们大都过着简朴的生活，而怀着造福众生的思想，传播许多宝贵的知识和经典启发我们，给我们人生的智慧，受惠终生。圣人有两类：一类生下来就具有此品质；另一类是在和圣人联谊后变成圣人的。为什么在瑜伽历史上有这么多的圣人产生呢？我在这里提供一点参考，这首先归功于他们的父母，圣人们的父母在结婚前已经是一个持戒修行的瑜伽者，很严格地遵守人生道德规范。他们结婚时举办庄重的瑜伽结婚仪式，结婚当晚通过洁化身心灵后一齐长时间祈祷有一个优秀的好的后代，在头脑清醒，知觉神圣情况下结合。一旦怀孕，他们会悉心照顾，开始瑜伽胎教，他们会唱瑜伽经典歌曲、讲瑜伽经典及故事、完整地遵从瑜伽健康的生活方式。等到十月怀胎期满后生育出来的孩子，基本上都是很优秀的。孩子从小就获得正确的教导，思想、言行、意识都得到正确的指引和教导，长大成人就自然成为社会栋梁，造福一方。其实真正的圣诞节就是让我们有机会去缅怀圣人的生平和感人事迹，启发我们的智慧，以他们为榜样，在每一个这样的圣诞节日中得到精神上的升华。但现在有的地方的圣诞节似乎成为不少年轻人"堕落"、"出轨"的纪念日。一醉方休、一夜情、感情放纵倒成为圣诞节的流行。若青年人都不自重、不自爱、不自洁，何况他们下一代呢？这样下去我们何时才有圣人的诞生呢？这看似在过圣诞节，但实际离圣诞节越来越远了。

但愿随着瑜伽在中国的流行，越来越多的人能接触、体验到瑜伽的圣诞节日，重新认识圣诞节。过上有意义的圣诞节，造福中国人，造福世界。

·第 27 篇·

## 新年愿望，信念第一

辞旧迎新，希望在新的一年有好的开始，这是每个人心中的愿望。不论往年逆境、顺境都应怀着积极进取之心，迎接新的一年是最重要的。有则故事说的是有个国王的一个近身随从，他不论发生什么事情，总喜欢说"上帝安排得真是好"。有次国王带着他和大队士兵去森林打猎，国王不小心弄断了一只手指，大家都为此难过，国王也很苦恼，谁知他还是说"上帝安排得真好"。国王怒不可遏，马上叫人把他抓到牢房，等他打猎回来就杀了他。谁知他还是说"上帝安排得真好"。国王和大家继续打猎，但一个不小心，国王和士兵失去了联系，孤身一人在森林里迷失方向，被一些土著人抓住，土著人正要举行一次祭祀，就是要杀掉一个人来祭一些祖先。他们把国王脱得一干二净，正准备动手杀国王，却发现国王少了一只手指。因为他们有个规定，被献祭的人必须是身体健全的人才能祭祀。无奈之下只好放国王走了。国王死里逃生，真的高兴万分，后来又和士兵联系上，国王记起随从说的话，马上赶回皇宫召见随从，不仅释放，还重金嘉奖。国王感叹之余，问了随从一个问题，他说，我终于明白了你说的话了，但我还是不明白，为什么我把你抓了起来，说回来杀了你，你还是说"上帝安排得真好"呢？随从说，幸亏你把我抓回来，不然我时刻伴随着你，我也肯定被抓，放了你，他们肯定把我杀了，大家听后都恍然大悟。

故事告诉我们，世事变幻莫测，最重要的是我们内心应该有种信念，面对一切都泰然处之。一个修瑜伽的人需不受痛苦侵袭，因为他把一切苦当作上帝给的恩赐，而且以为自己行为不当，本该承受更大的苦恼，但上天已将他的痛苦减至最少。同时，他快乐时，也把快乐归于上天，认为是上天的厚爱，自己得到这么大的快乐，故瑜伽之父奎师那说，在物质世界之中，谁不受好坏的影响，痛苦时不心烦意乱，快乐时不得意忘形，摆脱执着、恐惧、愤怒，谁就是心意稳定的瑜伽师。

·第 28 篇·

## 瑜伽新春祈祷

中华民族是世上最讲意头的民族了，所以逢年过节家家户户都会贴上祝福的对联，送上祝福语句，以示喜庆。

瑜伽也一样讲究意头，因为在《博伽梵歌》中，瑜伽之父奎师那说，"话语可以创造朋友，也可以创造敌人"、"控制得住心意，心意就是最好的朋友；控制不住心意，心意就是最大的敌人"，故讲话是人生的一大学问。为什么古代有人只凭三寸不烂之舌可退千军万马，化干戈为玉帛；也有人出言不慎造成千古恨。你看"赞美人"的"赞"字是带着两个先字，见人称宝贝；"批评人"的"批"字是带着两把匕首去见人，喜欢与否，一听见分晓。故在瑜伽修习中，除非你是一个老师、父母、长辈，不仅基于责任去批评，更是出于爱。出于爱的批评，对接听者来说是可以接受的。所以在瑜伽修习中，未达到出于爱去批评，只是出于愤怒的批评是不怎么见效的。

故见到别人做得不好，都会祈求希望他能做得更好也是出于爱。心意也一样，想别人好，这也是祈祷。我们都是很容易满足的人，哪怕是听到一句善意的赞美，一个真诚的祝福，一番诚意的祈祷，我们已很高兴了。同样，我们也应很慷慨地给予别人赞美、祝福、祈祷，但愿新的一年世间都充满了吉祥声音、和谐之音、喜悦之声，让那些吵闹声、纷争声、愤恨声销声匿迹！这是最真诚也是最使人欢乐的祈祷的话语，让我们共同祈祷吧！愿大家新春大吉大利，春节万事如意、年年喜庆、喜庆年年！

·第29篇·

## 瑜伽：联合起来，造福他人

作为在中国推动和传播瑜伽的每位创办人，真的不容易，既要创造经济效益维系正常开支，又要保持瑜伽独有精神，内心平和。作为创办者都是对瑜伽情有独钟的一员，既被瑜伽魅力所吸引，也被瑜伽市场所困惑，如何令我们有个正常健康的瑜伽发展环境呢？中国瑜伽联盟正是在这种情况下应运而生的。

中国瑜伽联盟就像一列两条轨道前进的火车，火车必须要有两条轨道才能正常运作。同样，瑜伽必须提供及保持两条平衡线才可能长久运作：一是经营收支的平衡；二是给人身心健康。只有做到这两点才能恒久发展。我们的目标是提供最专业的瑜伽经营管理模式和最吸引人的瑜伽精神健康文化。

联盟机构有很多，但联合起来的最终目标结果则是五花八门。中国瑜伽联盟将做一个榜样，将工作成果50%利润奉献给社会。我们不会标榜我们奉献了多少，我们只保留50%作发展用途。一个国家的总统和一个环卫工人，他们为国家工作的岗位可能不同，只要他们都用尽心力为国家作出工作服务，其实是一样应受到人民爱戴的。同样，我们倡导的是一种乐于奉献的瑜伽生活方式，奉献多少可以根据自身情况而定，若能做到善无大小，人人乐于行善，则善哉！善哉！

瑜伽之父奎师那说：在地上播一粒种子况且长成参天大树，何况在人间播种爱心？加盟中国瑜伽联盟肯定能获得最好的回报。作为中国五千年来首次瑜伽联盟，对中国的瑜伽发展将意义重大；作为中国瑜伽联盟的原创理事成员，将是日后中国瑜伽历史上不可磨灭的亮点；让瑜伽健康在中国发展，作为瑜伽创办人，我们有责任让更多瑜伽爱好者感受到瑜伽的好处；作为中国瑜伽健康发展的先锋，我们有需要去奉献，一起来播种吧！以联合起来，造福他人为宗旨，我们一定能合作成功，愉快及福泽后人，中国瑜伽发展历史上肯定有您的光辉！

·第 30 篇·

# 世界瑜伽教育中心

有一年3月份，我们一行18人来到印度圣地玛亚埔——这个世界的瑜伽教育中心，参加每年3月份的瑜伽节日盛会。每年3月，全世界的瑜伽师都会云集到此相聚。互相交流，互相学习，对于普通瑜伽爱好者来说，就是瑜伽朝圣之旅了。所谓朝圣就是当地有圣人临在，就是去聆听圣人的教诲。瑜伽朝圣之旅和一般购物观光不同，对于认真的瑜伽修习者来说，到印度聆听圣人的教诲很重要。

到印度朝圣学习最好选择每年10月至次年3月，因为此时天气较好，其余时间较热。世界瑜伽教育中心一日三餐配有素食，每餐约人民币10元，住宿人民币20元。整个大环境鸟语花香，简直是人间仙境。每天上午8点左右来自世界各地的瑜伽人士一齐聆听世界公认的瑜伽导师圣人们讲授瑜伽哲学，启迪人生，全部都是免费的。一般圣人会讲90分钟课，讲完后有问题可以继续探讨，场面非常热闹（唯一的条件是要懂英语或随团有人翻译）。庆祝瑜伽节日就更热闹了，除了圣人授课，每天还有精彩的话剧表演、瑜伽音乐唱颂、歌舞晚会、派发万人素食活动、瑜伽工艺品总汇等。总之，见到大家都沉浸于节日快乐之中。

为什么这里会成为世界瑜伽教育中心呢？理由很简单，这里是瑜伽之父奎师那上演过逍遥时光的地方，流传着许多故事。所以每年都有许多瑜伽人士来朝圣，来学习，来充电。瑜伽老师只有不断学习才能不断传授知识，这也是大家每年都争取来学习、来充电的原因。在这里，真正瑜伽大师发自爱心无偿地传授知识，与一些职业讲者有着明显的分别。这就是世界瑜伽教育中心的吸引力。

·第 31 篇·

## 内外双修才可双轨前进

每年的各大民生会议都强调物质经济发展速度应保持8%左右，这是我们多年的国民发展大计，是我们物质生活繁荣富强非常好的指标，也是我们对美好生活的向往。因为人生之路其实也像火车轨道一样，火车的前进需要两条轨道才能稳步前进。人生之路也是需要此二条轨道，而且必须平衡才能稳步前进。这两条轨道其实就是代表了物质和精神。光有物质没有精神或只有精神没有物质基础都是发展不起来的。

瑜伽给了我们人生正确前进的方向，就是精神和物质的平衡发展人生观。现代人为什么会出现这么多的问题，根本原因就是没有平衡好，受总体环境影响，物质追求变得一枝独秀，而忘记忽略了发展需双轨前进的原则。物质的发展单独前进，就会变成物质欲望感官享乐过度，只有精神层面即心灵深处得到健康发展，才能克服纵欲的发展。发展速度固然重要，比速度更重要的是方向，这正确的方向正是源自内心的清晰明净。好比兔子比乌龟跑得快，但若方向错误，再快也枉然；乌龟速度慢，但目标方向正确，肯定会到达目的地。学习瑜伽，我们都要保持内心的清醒，才能明白人生的最终目标，是通过精神和物质同步发展达到的。故瑜伽之父奎师那说过，只有内乐内悦内明，才能平衡好片面追求感官享乐的活动，达到内外双修。一代宗师世尊帕布帕德曾经生动地打过一个比喻，一个瑜伽修习者一天就像吃三明治一样。三明治意味两边夹住一边；两边意味一早一晚都应该用来修习瑜伽。早上起来打坐、冥想、念诵，晚上睡觉前冥想、阅读聆听经典等；中间时间可以处理好日常工作。千万不要日夜颠倒地作息，这样是不行的。

# 欲望真启

正所谓做天鹅或乌鸦，全凭我们自己选择。要拥有天鹅的品性，就要放弃乌鸦的生活品味。

## 第 1 篇

## 瑜伽师和享乐者是两个相对语

修行者修行时控制感官和心意，把它们从物质转向灵性。初步的程序是坐姿、冥想、灵性思维、操纵流通身体内部的空气、渐渐达到神定的状态，面对至尊至完善的人。这种提升至灵性层面的瑜伽修行方法，要定下一些规律性的原则，诸如每天洗三次澡，尽量少进食、静坐和集中心意在灵性的事物上，以及渐渐地从物质的吸引对象中解脱出来。享乐者意谓全神专注于物质的对象。修行者已经对感官享乐无动于衷，有人说修行者基本就是苦行僧，因为他对物质世界美色、金钱、诱惑等等引起感官冲动的事已不屑一顾，他满足于上天已安排给他们的一切，安贫乐道，工作如修行，修行如工作地不依附成果，一天除了专注修行外，已别无他求。享乐者做事的原则就是：感官能否得到满足，为了满足感官，他们可以夜以继日，不惜一切地忙碌，实际往往事与愿违，不但得不到他所渴望的快乐，相反是痛苦的结局。所以修行者和享乐者是背道而驰的，同样，瑜伽师就是一个修行人，我们不应成为一个廉价的瑜伽师，既想着瑜伽师的美名，又想着世俗的享乐。

有些人想成为廉价的瑜伽师，而不遵守规范原则。例如一个人如果不能首先控制舌头，就根本不可能成为瑜伽修行者。瑜伽师和享乐者是两个相对语词。享乐者或吃喝玩乐的人根本不能成为瑜伽师，因为瑜伽师是禁止随便吃喝的。

瑜伽之父奎师那在瑜伽经典中明确指出，若一个人不能做到慈善、真诚、洁净、刻苦（即有暴力、赌博、非法男女性关系、吸食吗啡等行为）是不能成为真正瑜伽师的。因为一个放纵自己，不守师德的人是没有资格去向人传授瑜伽知识的。在历代的瑜伽传系中，若一个瑜伽老师违背了慈善、真诚、洁净、刻苦的道德生活原则，根本就无资格上讲台授课。所以，为人之师必须以身作则。

· 第 2 篇 ·

## 愤怒是希望别人中毒

愤怒，无非三种：其一，心里不悦，虽可控制，却已怒形于色；其二，心中不悦，口不择言，怒不可遏，但尚可控制身体；其三，无论心意，舌头，身体都得不到控制。这一失控，麻烦自然来了。

解决愤怒在人生中是一个大学问，正所谓一气之下酿成大错或被气死的故事古今都有。人与人之间，单位与单位之间都可以因一点小摩擦引起口角继而大动干戈到痛苦收场。这样的故事其实每天都会上演。开始时当事人也许不会预料到故事的痛苦结果，也许就是心里不高兴时，就控制不住，给面色别人看，希望别人也不舒服；之后，口不择言，通过不堪入耳的话语来使别人难受；最后，就是使用武力致使别人痛苦。但往往适得其反，自己招致灾难。

产生愤怒的原因，正如瑜伽之父奎师那在《梵伽梵歌》中说的："愤怒源于欲望，欲望源于感官对象。"愤怒就是因为欲望没有达到，欲望就是有依恋的感官对象。好比男孩迷恋女孩追求不到，抑或追求金钱追求不到，产生愤怒。

产生愤怒的后果不堪设想，因为愤怒导致失忆，失忆导致失去理智，失去理智导致陷入因果业报中。除了为正义愤怒外，大多数的愤怒都是会产生负面作用的，不仅给自己带来痛苦麻烦，同时也给别人带来痛苦烦恼。故此，我们建议大家不妨练习瑜伽，从打坐冥想开始控制自己的身体，呼吸，心意，使思想安静下来，正所谓退一步海阔天空、晴空万里。通过瑜伽练习，完全可以控制感官，控制愤怒。同时也能增加我们的智慧，理智地对待别人的无理愤怒。这需要一定的胸怀。这好像有时我们返乡下，在路边会有狗对着我们汪汪大叫，通常，人是不会因此蹲下身体和狗对着叫的，这就是理性。瑜伽修行之人应该处处体现出瑜伽人的品性，让人消除怒气，与人和谐相处。

·第 **3** 篇·

## 艳照罪恶如何拯救

有个故事说的是，同样是见到一片森林，国王想到若在此打猎就开心了，商人想到若能把这里的树木都砍下来卖掉就赚钱了，年青男女想到在这里谈恋爱就舒畅了，瑜伽师想到能在此修炼、冥想、呼吸就惬意了。

同样道理，最近香港的艳照事件闹得沸沸扬扬，也是反映了众生不同的心态。看到艳照，普通人彻夜不眠要看个痛快，有生意人就趁机推出艳照录影想赚一笔，有人当新闻娱乐津津乐道，警察就忙于捉拿艳照传播人，父母亲朋就痛心疾呼援助，瑜伽人想到的就是消灭艳照根源黄毒，拯救更多艳照黄毒的受害人。只有警方从根源上杜绝了黄毒的传播，才能拯救更多的陈冠希、阿娇等事件受害人，不然，就算停息了此艳照事件，若我们不能杜绝社会上黄毒的传播侵害，相信这类事是禁不完的。

一般来说，我们听到谁人嫖娼，都会憎恨他，但我们还喜好色欲，而瑜伽之父奎师那在瑜伽经典中说过，他憎恨的是卖淫嫖娼的罪恶，想去拯救帮助卖淫嫖娼的罪人。我们站在父母的位置上看，谁愿意看到自己孩子的艳照在黄毒的杂志中流传；站在孩子的位置上看，谁愿意看到自己父母的艳照在黄毒的网络中流传，他们会忍心细细品味观看吗？故在瑜伽中，我们倡导一种洁净的生活方式，从外在洁净就是搞好个人居住环境卫生、个人衣着卫生，内在就是拒绝黄毒、非法的男女性关系，洁身自好。在瑜伽经典中说，一个男人若不想出轨，就应把除自己的合法妻子外的其他女性都视为母亲般给予尊重，这样就不会有非分之念。

产品在市场中无人问津，自然会销路下降；黄毒产品，人人拒之，自然会销声匿迹。同时，希望大家有时间都来练习瑜伽，过一种健康的生活，让罪恶的种子无处滋生，让犯错误的人都能觉悟。

· 第 4 篇 ·

## 瑜伽典故的液体之美

据媒体报道，最近一场有机会嫁入豪门的"豪门婚宴"，吸引无数美女竞风骚，对素未谋面也不知道真相的"夫君"只凭中间人一张存折、价值不菲的征婚入门券就蜂拥而来。若她们有机会先体验一下瑜伽，领略些瑜伽智慧，打支预防针就有幸了。有则故事，说以前有一个国王，有次外出游玩，经过一良家少女门口，见到少女长得亭亭玉立，貌美如花，便上前表述身份，要求马上娶少女回家，并承诺让她以后过着荣华富贵的生活。少女基于对方的身份，不能当面拒绝，告之国王七天后再来娶她。七日后，国王和大队人马兴高采烈地来到少女门口，迫不及待地敲门，这时门一开，一个面黄肌瘦的女人开门问国王什么事，国王说，快快让那貌美如花的少女出来，我今天就要娶她了。那女的说，你要找的那位少女就是我呀。国王大吃一惊，怎么一位如花似玉的少女会变成这么瘦骨嶙峋的人呢？你以前的美丽哪里去了？国王问。少女指了指房间的一个大坛子说，你要的美丽都装在里面了。这七天我不吃不喝，天天喝泻药，泄出来的东西都装在里面了。国王一听，再看看眼前这惨不忍睹的少女，急忙转身跑回去了。

此故事告诉我们，少女很清楚国王喜欢她的只是身体，一旦身体改变，喜欢也就荡然无存了。知道这种爱是暂时的，结果也是悲痛的，所以少女不把个人的终身幸福寄托于国王给的荣华富贵上，这确实需要智慧。今时也有例为证，当代嫁入英国王室贵为王妃的戴安娜，那位置是万人梦寐以求的！但她却饱受了人生婚姻的诸多不如意，还引发出意外的结局。

诸如此类的实例举不胜举。不能怪这些欲嫁入豪门的女士，她们同样想凭自己的条件追求幸福。但我们要推广瑜伽智慧，修养身心。瑜伽经典告诉我们，爱不是基于你的躯体能给我享受，爱不是基于金钱的满足，不然一旦躯体金钱有所变幻，爱就不复存在。生活中的泡泡已是数不胜数。就好比我们孩童时代玩的吹泡泡，吹出来的泡泡一个一个都是色彩缤纷，引人入胜，但当用手一抓，"啪"的一声，就什么也没有了。学习瑜伽，我们知道所有人的躯体都是由土、水、火、空气、空间、心意、智性、假我等八大元素组成的。躯体的吸引力永远是在灵魂上。男女互相吸引应该是被有生命的灵魂的吸引，若没有了生命力就好比离世的人，无论怎样装扮都是显示不到吸引力的。若没有了灵魂，最美的躯体也要回归大地之土。所以智者会选择一个有共同人生价值目标理念的人作为终身伴侣，而坚决放弃那些只求躯体享乐之人做伴。故瑜伽之父奎师那告诉瑜伽修行者，不要贪图物质享乐，特别小心那些毒树上的鲜花。

·第 **5** 篇·

## 但愿灾难在我身上发生

但愿灾难在我身上发生——这句话是古代一著名女瑜伽师昆提的一段祷文。通常我们都是祷告上帝或佛祖赐我们身体健康、万事如意之类的，但昆提却恰恰相反，她祷求的是灾难不断地在她身上发生。接着她说，只有当灾难发生在我身上时，我才会更专注地忆念主，而每次主都会让我一次又一次地度过危难，而一旦一切如常时，我就容易忘记了心中的主了。

古代瑜伽师甚至追求身体更多的不适，为放弃身体的感官享乐，更专注于瑜伽冥想修炼等。今时我们是无法达到此种修为境界的，我们大都追求身体健康、一切顺利。但我们都较容易忽略了一点，就是一旦身体健康以后去做什么事情。练瑜伽之人都是希望通过修炼瑜伽达到身体健康，但要知道，身体健康之后做对大众有益无私奉献的事才是上策。不然，身体健康一点，又继续追逐名利，劳心劳累过度；生活无节，纵欲过度；道德败坏，胡作非为；那身体迟早也是要垮掉的。所以，祷求一个健康的身体是需要的，但更重要的是有健康的心灵和行为。这才是关键。人生无常，任何灾难都是会随时发生的，就看我们以什么心态来对待了。同样踩到了钉子，流了很多血，有人抱怨上天的不公，也有人赞颂上天的厚爱，幸亏踩到的不是地雷，要不就完蛋了。同样，人生最大的灾难是我们必须面对死亡。世上没有人愿意死亡，但死亡都是要来。这也是人生必须要上的一堂课。那怎样面对呢？瑜伽之父奎师那在瑜伽经典中说过："就好像一只老猫用舌头舔一只老鼠，这只老鼠会害怕得肝胆俱裂。但同样用舌头舔一只小猫，小猫会觉得温暖无比。"这就是心态的不同了。

我们每个人都是要面对各种灾难以及生死的，通过练习瑜伽，提升我们的人生观、世界观、宇宙观。对身体来说，不论快乐或痛苦都是短暂的。人生不外乎几十年光景，但心灵却是永恒的，刻不容缓的是重新塑造健康的心灵。

## ·第6篇·

# 只是清洁鸟笼，满足不了笼中鸟

　　追求外在漂亮美丽健康也是时下瑜伽迅速走俏的原因。只有当身体健康了才能谈得上美丽，但内在心灵的健康更是身体健康的基础。身体不干净可以用沐浴液清洁干净，但我们都忽略了心灵不干净时用什么方法清洁内心。就好比只是清洁鸟笼，弄得很干净漂亮，但却忘记喂笼中的小鸟吃东西，那可想而知有什么用呢！鸟笼之所以有价值是因为笼中有着叽叽喳喳的小鸟。同样地，身体之所以有价值是因为有善良的心灵。

　　外在修炼体位法，内在修炼语音练习，具体每人早晚都可以选择15分钟左右做一些瑜伽式子，生命在于运动，选择一些适合自己的瑜伽式子长年坚持是身体健康的保障，但身体健康后做什么才是最重要的，我们也看到许多身体健康的人若做出不道德不守法的事，那身体迟早也是会很不健康的；所以内心每天坚持修炼瑜伽。内心是最难控制的，所以要练习专注瑜伽唱颂：Hare Krishna Hare Krishna Krishna Krishna Hare Hare Hare Rama Hare Rama Rama Rama Hare Hare，每天一小时是心灵健康的有力保障，请确信身体的永久健康会随着心灵永久健康而自动到来。

瑜伽之父奎师那说过："恒常想着我，听我的教导，唱我喜欢的歌，读瑜伽经典，品尝我喜欢的瑜伽素食，肯定可以去除心中不洁。"

· 第 7 篇 ·

# 凡人常有，圣人不常有

圣人和凡人的区别是，凡人具有以下四项缺陷：一是会犯错误。不管是官至美国前总统克林顿，富至中国首富黄光裕或影视歌星偶像，还是普罗大众，错误都是在所难免的。犯错误是各阶层、各行业、不分种族、年龄、地位人的共同点。二是感官不完美，故不论我们吸收或释放的东西都不会完美。好比用眼睛判断视物，若用眼睛看月亮，觉得月亮好似只有足球般大小，而实际上月球比地球大得多。或者用口表达思想时，经常会出口伤别人感情。这些都是因为我们感官不完美导致的。三是有被骗和欺骗别人的倾向。社会每日都会上演许许多多诈骗、骗人和被骗的案子。诸如电话通知中大奖，套你身份证号码去谋非法所得，或路上捡到巨款骗你掏钱分成等等。四是迷惑。对自己的身份迷惑，好比觉得自己是一个富人、肥人、美人或穷人、老人等，不知道身体、身份这些都是会变化的，不是永恒的身份。对人生也迷惑，觉得一生就是吃喝玩乐，对人生中的生老病死问题不求甚解，对人体生命更是不知真谛。圣人是超越以上四项缺陷的。故谓之圣人，圣人的诞生不仅造福一方，肯定流芳百世。因为圣人往往是具有使命的，圣人不是为了提供面包而来的，而是为拯救思想道德堕落的人来的。无论是基督教、佛教、天主教、印度教、回教等都有代表人物。

世间凡人常有，圣人不常有。圣人的诞生出现真的很罕有，中国已历几千年，但可称为圣人的除孔圣人（即孔子）外，似乎也没有更多。相反，若自己是一个追求人生完美思想纯洁的人，上天肯定会安排圣人到你面前。因为圣人肯定就是为这些希望得到完美人生的人而来的。瑜伽五千多年的发展史中，当然也出过圣人，也是一代传一代。今天，我们瑜伽人也应发奋努力，遵从瑜伽圣哲的教导，并以历史任何一个圣人为榜样，学好奉献精神，成为一个名副其实的瑜伽健康快乐传播者。正如瑜伽之父奎师那说的："一轮明月的光芒就胜过无数星星的光辉。"这一轮明月除代表圣人外，也包括一个以身作则的教师。

· 第 8 篇 ·

## 四个妻子不同启示

有则故事讲的是有个富人有四个妻子，他对第四位妻子的关爱可谓无微不至照顾有加，对第三位妻子也是爱不释手，但总怕她红杏出墙，对第二位妻子也是格外信任，事无巨细，都交由她打理。而对原配夫人，却从来不闻不问，总忽视她的需求。终于有一天，富人病危，临终前他渴望有个妻子能陪他离世，首先他问第四位妻子是否愿意跟他走，第四位妻子冷酷地说，不可能，办不到。富人只好问第三位妻子，第三位妻子不冷不热地说，你一走，我马上嫁另一个男人。富人只好问第二位妻子，第二位妻子含着眼泪说，我最多只能送你到火葬场。富人一脸无奈地望着原配夫人，这时，原配夫人义无反顾地说，无论你到哪里，我都跟随你。这时，富人才大彻大悟，自己用毕生时间精力金钱等爱护的人竟在自己最需要的一刻无情而去，而自己平时最漠不关心的人竟然誓要和自己形影不离。其实，这则故事是告诉我们，每个人都有四个妻子。第四个妻子代表着我们的身体，我们每天花最多的时间在自己身体上，化妆、美容、减肥、购衣、购饰物等等，来修饰自己的身体。但生命一终结，身体就随之而结束化为灰烬。第三位妻子代表财富，当然爱不释手，还日夜提防，但生命一终结财富自然落入他人手中。第二位妻子代表家人，父母夫妻儿孙是最信任最亲的人，但生命一终结他们最多的就是送你到火葬场了。第一位妻子代表灵魂，这是富人从不关心的一位，但只有灵魂不管是以前、现在、将来都是我们人生永恒的伴侣。

瑜伽正是教导我们这门心灵灵魂的生活科学。告诉我们应将时间精力放在心灵灵魂内在的需求上，而不应将时间精力消耗在外在感官享乐上。因为内心的平和、知足、纯洁才是恒久的。外在追求的感官刺激，享乐有始有终，不仅短暂而且以痛苦告终。瑜伽知识告诉我们，我们是灵魂不是躯体，躯体是会消失的更何况与躯体有关的一切财富、房子、车子、亲人等。故瑜伽之父奎师那说："瑜伽境界是不依附任何感官活动的，关起所有感官之门，心意专注于心和头顶的生命之气，便已稳处于瑜伽境界。"

·第 9 篇·

## 不要到最后一刻才体会生命的宝贵

只要研究动物的四个生活原则，我们就会找到答案。第一就是食。动物每天都要为此忙碌，东奔西跑，只不过它们不用堆积谷物，也没有贫富之分。人也每天在为三餐不辞劳苦，还要网罗天下海陆空千奇百态的生物只为饱餐一顿。第二就是睡。动物每晚都会为自己安排一个安乐窝，只不过它们基本不会失眠；人也是一样，会花许多时间为自己营造一个安乐窝，但还有许多人失眠，故应运而生的安眠药、保健品、安眠枕等就成行成市了，只是为了睡眠。第三就是交配，动物每天都会想如何交配，找合适伴侣，只不过它们不用担心性病、艾滋病之类的；人也一样，每天在思索如何寻找性伴侣或性生活如何更多更长久。所以也滋生出许多一夜情的网站、网吧及性用品、药品之类。第四就是防卫。动物每天必须做好防卫保护好自己，以免被其他生物侵犯，只不过，它们不会做防盗网。人也是一样，会保护自己防范别人，所以设计出防盗门、网之类的。以上四项基本是生物的本能，动物一生基本围绕着这四项生活本能，至于食得好与坏、睡得好或差、交配得好不好、防卫得好与不好，就像是一条被收养的狗与一条流浪狗的区别一样，是没有本质区别的。但人与动物最大的区别还在于人会思考人生、思考生命。诸如：生命从哪里来，生命的意义、生命的归宿，我到底是谁、怎会来到这世上，人为何受苦、人如何获得恒久快乐，等等。

　　瑜伽正是给予这正确答案的不二之选。人体生命不是为了食得更好、睡得更好、交配得更好、防卫得更好而来的。应该有更高的人生目标。瑜伽是阶梯，一个循序渐进的过程。使人从高级动物层面提升到人的思想觉悟到完美的思想境界。时间是宝贵的，正所谓一寸光阴一寸金，寸金难买寸光阴。生命终结时，任何分量的黄金都不能换取多一分钟的寿命。故我们除珍惜时间外，更应将精力、时间用之于完美人生的事情上。生命是宝贵的，但千万不要到最后一刻才真正体会到。正如瑜伽之父奎师那说的：老师教导学生说粪便是臭的，一流的学生就接受这知识是正确的，二流的非要去嗅一下才确信，三流的是嗅完又嗅。故我们不必浪费时间，浪费生命，赶快来修炼瑜伽吧!

## ·第 10 篇·

# 神圣和恶性的生活方式

据说，最早期的神仙和恶魔居住的星宿是分开的，随着时间的变化后来就住在同一个星宿不同的地方，再后来就居住在同一个国家、同一个乡村城镇，而到现在就同时住在一个人的心中了。这主要是说明现代人心中既有着神圣光辉的品质，同时也存在着恶性和不善的品性。就像最近发生的深圳市海事局书记林嘉祥事件、歌手臧天朔涉黑被捕等事件。据报道，林嘉祥在同事眼中是位平易近人、和蔼可亲的领导，而且还出席广东省文明单位模范大会领奖；同样，臧天朔也经常参加义演，出钱出力帮助有需要的人；他们怎么可能一下出事呢？其实不善行为发生都是冰冻三尺，非一日之寒。人是具有两面性的，就是神性和恶性，神性品质表现出来就是"乐善好施、自我控制、诚实、不嗔怒，富有同情心、不贪婪、慷慨、宽大、洁净、无羡无忌、不贪慕虚荣，不用暴力、心境平和、生活简朴、研习文化知识"等。恶性品质表现为"骄傲、自大、嗔怒、自负、苛刻、无知、色欲、贪婪"等。正是由于林嘉祥具有骄傲、自大、愤怒等不好的种子，故一经喝酒就引发出来了。或许有人会问为什么喝酒就不能引发出做善事的念头呢？若喝酒后林嘉祥能主动提出捐1.5万元出来做善事（据说事后他希望拿1.5万元出来给受伤家长摆平事件），那我们就要多研发这种酒啦。因这种酒一经上市对整个国家，世界都充满希望了。一喝酒就捐钱，好事自然来。问题是，正如瑜伽之父奎师那说的"你不能用脏水清洁干净脏物"。

在瑜伽修习中，是反对抽烟、喝酒、吃肉、赌博、黄毒的，所以提倡用一种瑜伽修行方法，把我们心中的神圣品质培养出来。遵从瑜伽的生活方式，做到吃善良形态的食物，讲善良形态的话，做善良形态的事，到善良形态的地方，交善良形态的朋友，作善良形态的起居作息等，肯定可以培养出好的品质。多到瑜伽馆练习瑜伽，追求一种身心灵健康的生活方式，远离不洁的生活方式，不好的品性自然也会去掉。正所谓做天鹅或乌鸦，全凭我们自己选择。要拥有天鹅的品性，就要放弃乌鸦的生活品味。

· 第 11 篇 ·

## 挣脱世间束缚去净化心灵

人，多数是被束缚的，束缚我们的东西有些是有形的，有些是无形的。有形的事物好比每个人都必须面对生老病死的困惑，因为世上没有一个人愿早些老化，早些死去，更不愿意生病，但这些东西事实就是把人结束的，没有人能逃避。无形的束缚，包括我们的名誉、地位、权力、得失成败等等，我们就被这些虚假名号束缚了。而要获得解脱有两个必须条件，一是自身努力花时间修行。我们可以利用时间继续做"昙花一现"的事情，也可以把时间放在解脱的事情上，这"昙花一现"指的就是身体。我们整天忙碌都是在做与身体有关的事情，比如我的利益、我的名声、我的家庭、我的公司、我的股票等等，但问题是这一切都是短暂的，一切将会随着身体的终结而结束。这也是我们受束缚及痛苦的原因。例如你的钱丢失了，会很难过，但你每天看报纸新闻那么多人掉钱，你就不会觉得难过。因为你会觉得那钱不是"我"的。另外，我们因为智慧、觉悟不高，纵然状况糟糕，但仍然感到良好，这称为假象。一般高知觉者或会觉得低知觉者处境堪差，但低知觉者仍对现状甚感满意。好比动物，知觉较低者，就不能明白何谓真正痛苦、何谓真正快乐。猪一面吃粪便、脏物也觉得很满足、快乐。但对于知觉高的生物来说，猪的生活真是厌恶之极了。同样，人为了短暂拥有，不惜像驴子般地工作、猫头鹰般地作息，猪一般地饮食交配等。虽然这些人看似非常努力地工作，但基本上无人能享受生活的。有智慧的人是不认可这样的生活方式的。这就需要解脱，故需要把精力和时间用在瑜伽修行上。例如多和瑜伽修行人联谊，聆听阅读瑜伽经典，平衡好工作和作息时间，确立自己的人生目标，遵守良民行为守则等等都是解脱之途。二是需要已解脱的导师恩慈的指导。瑜伽之父奎师那说过，若一围桌的人都被束缚，是没有人能给你松缚的，只有一个人没有被缚住，这个人才能帮其他人松缚。同样，修炼瑜伽是我们的解脱之途，问题是必须认准一个已解脱的瑜伽导师给自己指导和帮助。你可以向这样的导师咨询人生疑惑，向他作出真诚的服务，以求得导师的恩慈及帮助。已解脱的导师很重要。故这解脱的瑜伽导师是一个以身作则的老师，你可以感受到他的解脱。这好比你可感受到一个病人的病征和一个富人的特征一样。这解脱的瑜伽导师特征就是全无私欲、心意专注于人类最崇高的善事上，是一个献身于众生福利的人。故瑜伽之父奎师那说："谁接受奉爱瑜伽的极乐修行，人生将达到完美，好比病人只需按医生处方服药，就能治疗好一样。"

· 第 12 篇 ·

## 本来无一物，何处惹尘埃

每个生物来到世上，赖以生存的物质均已存在，没有一样东西是生物自身带来的。全都是大自然母亲给了生物足够的阳光、水、空气、空间、土地、水果蔬菜等维生的一切。要知道这一切是不可能在工厂里、车间里生产出来的。若没有了这些生命元素，人类再富有也没办法生存。故"本来无一物"除了告诉我们是没有什么值得骄傲外，更是提醒我们每个人的真实身份。就算腰缠万贯、拥有万亩良田都是短暂的。就好像一个演员扮演国王时，可以坐拥整个江山，指挥千军万马。但若演员忘记了自己的真实身份，还以为自己真是国王就成问题了。现在人们都容易患上这"演员职业病"，忘记了自己的真实身份，而过分热衷去追求那原本就不属于我们拥有的东西，不仅浪费生命和时间，还易空悲切。至于"何处惹埃尘"就分两种情况了。一种就是大圣人，从出生到死亡都是一尘不染，他们的生命就是为了拯救堕落的人群，启迪他们真理。另一种就是真的不知从什么岁月开始已经染上了色欲、贪婪、愤怒、骄傲、妒忌、迷惑等。

瑜伽修行中就有去除"尘埃"的有效方法。火灾发生的时候，第一时间就是千方百计扑灭它，是没有时间去考查起火的原因的。同样道理，贪婪、色欲、愤怒、妒忌、骄傲等不良杂气是没办法逐一去查找起因及来龙去脉的，最好的办法就是持戒修行吃素念经。更有力的种子、果实都经不起洪水的巨大威力，因为巨大的洪水可以淹没所有的种子果实。瑜伽修行中就存在这巨大威力，完全可以把人的不良元素全部淹没。所以瑜伽之父奎师那说过，常修行瑜伽，善于自我控制的瑜伽师，便摆脱了一切物质污染。

· 第 13 篇 ·

## 不是金钱离开你，就是你离开金钱

2008年5月6日，北京八宝山众亲朋好友最后送别了魏东。这位拥有近70亿身家，令无数人向往的年轻富豪，他的财富及地位是当今绝大多数人梦寐以求的人生奋斗目标，但他却于4月29日在北京家中自杀身亡。为什么亿万人所追求的金钱、地位，他已经拥有了，但却要放弃呢？答案在他的遗书中得出："近年来我有严重的强迫症，外部环境给我巨大的压力，伴随着严重的失眠和抑郁，因此我决心……"

由此，我们可以看出人生的问题并不是随着金钱的增多而减少，健康快乐的生活与金钱拥有的多少没有关系。现代人都认为追求更多的金钱，累积更多的金钱，以后生活就无忧无虑、安枕无忧、喜乐无穷了；而事实并不是这样的，快乐和痛苦是时来时去的，仿如春夏季节，金钱也一样，时有时无，不可能永远拥有。若我们将终身的幸福快乐建立在拥有金钱上，是肯定要失败的。因为到最后不是金钱离开你，就是你离开金钱，这是定律。钱本身就是滚动性的，从来都是从一个地方流到另外一个地方，从一个人手上流到另一个人手上。不论你拥有100亿美元，还是拥有100元人民币，确切的身份只是这金钱短期的保管员，可能保管几天或几十年，但最终都是要物归原主的。瑜伽之父奎师那在瑜伽经典中已明确，我们每个人都是赤裸裸地来，赤裸裸地走，任何东西都是带不走的。在历史上，有很多富翁已觉悟到这点，钱是留不住的，生命不是只为了赚钱，应及时行善方为上策。对于一个临死的人来说，更多的钱对他都不重要，生命的真谛才是最重要的。故瑜伽必定会在人间大放光彩，因为瑜伽给予我们人生答案，瑜伽给予我们智慧，智慧可以控制心意，心意可以控制感官。所谓强迫症就是控制不了心意，也控制不了感官。小偷也知道偷东西会被捉去坐牢，但还是控制不住去偷；吸烟人士也知道吸烟会致癌，但还是控制不了去吸。其实我们每个人或多或少都有此症状或人生压力的，不要紧，来练瑜伽吧，一起提高我们的智慧。

## ·第 14 篇·

## 不义之财是通往地狱的路费

最近报纸报道：一位女士在银行取款后忘记拿卡，结果被别人取走了一万多元人民币。她选择报警，警察很快就破获此案，将贪钱财者绳之以法。见到掉在地上的财物，人通常会有三种选择：一是视而不理；二是占为己有；三是寻找失主并还给他。三种处理方法与我们的人生观紧密相连。占为己有者被贪念蒙蔽，不知这些财物实属不义之财，为自己种下苦果。当然，不义之财包含的面很广，现在社会上形形色色的诸如蒙骗应聘者的报名费；在电话里假扮银行、公安、电信公务员，骗取你的银行账号密码，然后套取现金；在街上谎称拾到外币以假乱真要求分成；甚至明抢暗盗；等等，这些都是属于不义之财。这些通过不法手段所得来的财物，可能会令他们开心一阵子，但伴随而来的可能是一辈子的痛苦。正所谓种瓜得瓜，种豆得豆，从来没有人靠通过不义之财而能过上天堂般的生活。就算眼前我们会认为有些非法所得的人还逍遥法外，但事实上却是天网恢恢疏而不漏。

好比有些人抢东西，会马上被人抓住；但有些人抢到东西是十年以后被抓获的。因为这是大自然的法律。种善因得善果，做恶事得恶果。

真正的瑜伽修习者除不会索取不义之财外，同时更会将失物归还失主。返还失主延伸的意思是，我们要明白到每个人都是身无分文来到世上的，也是不带分文离开世界的。所拥有的财物实际都是来之于社会。愿意或不愿意也好，这些财物我们充其量就是看管几十年罢了！若能取之于民，用之于民确实是明智之举。瑜伽之父奎师那说过，贪婪、色欲、愤怒是通往地狱的三大扇门。所以我们应该来学习瑜伽，早日克服贪婪的心意。

·第 15 篇·

## 享乐尽头，修行开始

有则典故，讲的是一对年轻人，晚上将乘船到河的对岸，明早举行婚礼。他们按时到达河岸边，上了船，坐好后让船夫划船出航了。他们以为船已起航，便安心睡眠休息。早上一觉醒来，看到船夫还在使劲划船，心想也差不多到了，就走出船舱，谁知出来一看，那船还停在老地方，急忙一查看，原来船夫只是很认真地划船，根本不知道船锚还没有解开，变得一场空。从这典故我们应该学到，那个锚代表了我们的物质欲望，这欲望就是还想享受更多的感官享乐。这世界吸引我们感官的东西实在太多，仿如星星一样，数之不尽。但另一方面，很多人也明白到人生需要修为，不能枉过一生。明白这个道理是很好的觉悟，问题只是怎样避免以上的例子，费一整夜的工夫划船，船还在原地不动，费一生的努力修行，境界还维持原状。

学习瑜伽，我们可以通过修炼瑜伽专注力，从我们的视觉、听觉、触觉等方面努力做起，坚决抵制接受这方面的不良信息。特别是年青一代，意志稍不坚强，就会成为这世上物欲横流的牺牲品，更不用说通过修行达到人生美景了。学习瑜伽多为新一代的年轻人，故大家应该多以瑜伽先人导师为榜样，洁身自好，杜绝不洁行为，不贪图感官享乐。只有做到这一点，才能有条件开始修为。故瑜伽之父奎师那说过，修行就意味着杜绝感官享乐，要不然就像一边点火一边浇水，是徒劳无功的。故我们学习修炼瑜伽，就要避免既想贪图世俗享受，又想品尝人生正果。世上不可能有既渴望拥有天使般的品貌，又喜欢过魔鬼般的生活。喜欢魔鬼的生活怎会有天使的品种。

## ·第 16 篇·

## 人生如戏

　　韩国前总统卢武铉出身于一个平民家庭，他通过自身努力，终于当上国家的总统，还获得了世界诺贝尔和平奖。本应是辉煌灿烂的人生，但由于难以承受来自各方面的压力，最终选择了登山跳崖自杀结束了生命。实在令人惋惜，真是人生如戏。一部电影开始是悲剧，但最终是喜剧收场，这部电影终极还是叫喜剧片。但一部电影若开始便是喜剧，剧终却是以悲剧收场，这部电影最终还是叫悲剧片。人生如戏，包含了两个真理。一是，不看你开始是成功或失败，关键是看你如何谢幕。故有千年道行毁于一旦，也有放下屠刀立地成佛的人生典故。二是演戏的演员最终应该明白自己的真实身份而非戏中角色。在演戏时，我们或许穿上天使的衣裳，或穿上皇帝的服饰，享受着国王般的待遇。但戏剧结束时，我们就应该明白自己的真实身份。若戏演完后，我们还以为自己是天使或国王的话，那就出问题了。同样，人生如戏，在人生这部较长的电影故事中，聪明的人知道自己并不是什么真正的"行业老板"、"百万富翁"、"世界小姐"等等。这只是短暂故事的人物称号，并不是我们真实的身份。

　　所以，我们修习瑜伽应懂得觉悟。觉悟意味着认识到我不是"百万富翁"，不是"世界小姐"，"我"和"我的躯体"是有区别的。一旦我们认可我就是我的这个躯体，我们就自找麻烦了。因为躯体犹如戏服，是随时更换的，一朝天子一朝臣子的电影故事日日都在上演，所以躯体名号是千变万化，只有培养好的内涵品质，有好的心灵品德，穿什么戏服都会容光焕发的！故瑜伽之父奎师那说过，人的生命在身体里经历童年、青年、老年、死亡的变化，智者不会为此变化所困惑。

· 第 17 篇 ·

## 不要把追逐感官刺激当时尚

"邓玉娇事件"，随着法院的判决似乎结束了，但从事件中我们可否得到什么启发呢？首先是"温饱思淫欲"。据报道，邓贵大、黄德智就是在酒足饭饱后决意去娱乐城玩乐。寻求快乐，这本是人之本性，问题的根本却是此"娱乐城"非真正娱乐城也。相信他们也不是第一次去此地，不然不会莫名其妙提出要异性陪其洗浴。这是什么娱乐城，分明是藏污纳垢之地！这样能给人身心健康吗？这样可以达到真正的快乐吗？相反，每次报道的打架、斗殴、卖淫、嫖娼、吸毒等事件，正是发生在这些地方。任何不合天理法理的享受都是要付出代价的，这代价有多大就讲不清了。邓贵大某方面也算是作出牺牲，为世人作出警示，不要步后尘。但又有多少人能觉悟，还是要前赴后继地为追求闪烁不定的一些感官快乐，而付出巨大的代价。邓玉娇据法医说她有心理障碍，我倒觉得她太正常不过了，而且甚为稀有。倒是那些别人给钱财就能提供淋浴等诸多服务的女性，应该让法医去检查一下是否有问题？女性的天性就是害羞，也是女性的美德，洁身自好守身如玉也是一个女性赢利所有男性尊重的原因。可惜我们把追逐那些所谓性感的女性当时尚。

瑜伽馆现在不是太多，而是太少了，学习瑜伽我们明白到，人生真正的快乐是源自内心，只有心灵健康愉快，身体各个器官才会愉快。正如瑜伽之父奎师那所说："只有食物满足了胃部，营养成分自然会滋润到身体各个感官部分。"同理，若胃部都未满足，光是淋浴身体各部分又有何作用。

· 第 18 篇 ·

## 感官的主人

有一辆马车，坐着一个乘客，车夫拿着马绳，牵着五匹马前进，这是一幅瑜伽修行人的对照图，这五匹马代表了躯体五个重要感官，包括眼、耳、口、鼻、四肢。要控制好这五匹马要靠马绳，这条马绳代表了心意，因为心意可以控制我们的眼、耳、口、鼻，看什么、听什么、吃什么、讲什么。车夫掌握着这条马绳，这车夫代表着智慧，只要具有智慧，才能令心意作出正确的想法。而乘客是最终的指挥官，他告诉车夫最终的目的地。这乘客就代表了灵魂。只有灵魂纯洁才能明确人生最终目的，然后由智慧，通过心意、身体感官去完成人生使命。车轮则代表了躯体，夜以继日地运动。这是一幅警世之图，所有人生道理都包含在里面了。这五匹马到底跑到哪里才是归宿呢，完全视乎我们平日看什么、听什么、吃什么、讲什么、做什么这五个感官来决定了。这就是说，我们要做感官的主人，通常我们都是感官的仆人，因为我们经不起各种对感官的诱惑，像黄赌毒、贪污受贿、打架斗殴等所有一切都是源自于控制不住感官，没有足够智慧控制力去控制感官。

最近，我们有幸见到一位瑜伽师哥斯华米（Gosvani，歌斯华米的意思是感官的主人），并和其他瑜伽界人士分享了他的教育和动人的瑜伽唱颂。瑜伽修行中，这样的人是很罕有的，真是相聚一刻胜千金。在所有的修行中，人首先要做的就是控制自己的感官，如果控制不了自己的感官，就会变成感官的奴隶了。不少人现在很开放，更多的放纵自己，喜欢什么就做什么，喜欢玩什么就玩什么，喜欢吃什么就吃什么，表面上多自由呀。但往往就是这些不受制约的行为，造成了许许多多的人生困境。就像日常生活中不少人就是因为控制不住嘴，然后喝酒后犯罪的；小偷、抢劫犯等控制不住手才去偷、去抢东西的；强奸犯就是控制不住生殖器就去强奸妇女犯罪；等等。这里，我们给出了一条控制感官的瑜伽秘方。《瑜伽经》云：在所有感官中，舌头是最难控制的。舌头、肚子和生殖器是在同一条直线上，躯体的需要始于舌头，人若能控制舌头只吃瑜伽素食（即供奉过奎师那的食物），就能控制舌头的冲动，肚子和生殖器的冲动也就能得到控制。瑜伽之父奎师那说过，能控制说话、思绪、愤怒、舌头、肚子和生殖器的冲动之人，被称为哥斯瓦米，即感官的主人。

·第 19 篇·

## 放弃感官享乐成为真正的瑜伽师

除非放弃感官享乐，否则不能成为瑜伽师，这恐怕是世上最难达到的要求。因为每个人天生都是喜欢寻欢作乐，放弃感官享乐，实在太难了。

但事实往往相反，就是越寻欢越烦恼，越来越不开心。故瑜伽很明确人的本性——奉献。我们不开心是因为我们有太多的索求，太多的感官欲望无法满足，花花世界吸引我们的视觉、听觉、味觉、触觉、身体的东西太多了，我们简直受不了那么多，而且这些所谓的感官享乐都要付出沉重的代价。开始时享受，结束是痛苦的，这就是追求感官享乐者的结局。但瑜伽师知道自己的真实身份不是享乐者，就好比他们明白手脚、眼、耳、口、鼻，不是最终享乐的感官，这些感官首先要配合胃，只有胃满足了，这些感官才能得到滋养和满足。若我们忘记了给胃足够的营养，只顾化妆打扮眼睛，涂上动人的色彩，美容脸部，给身体穿美丽的衣服，这些美丽都是一刹那的。

同样，要成为瑜伽师，必须放弃追求个人感官享乐活动，把我们所拥有的奉献出来，造福他人；若为满足个人的名誉、金钱、美貌、知识等而活动是成不了瑜伽师的。瑜伽师不祈求个人的自我享乐满足，他们忙于为众生奉献服务，没有时间考虑个人享乐问题。故瑜伽之父奎师那说过：瑜伽真正的目的是让人放弃一切自私的满足感。

· 第 **20** 篇 ·

## 先思想赤诚后躯体赤诚

近日，有报道复旦大学两名毕业生为纪念毕业，以"最后的坦诚"名义，在校内裸奔，拍照留念。笔者认为他俩勇气真是可嘉，只不过坦诚纯真不是通过人为计划的裸奔就可以表达出来的，而是通过思想上没有任何物质动机、污染时自然流露出来的。好比孩童，他们裸奔也好裸泳也好，因为他们的思想还未被物质化、躯体化，所以他们表现出来的裸体是自然的。

瑜伽讲究的也是返璞归真，躯体是没有办法返老还童的了，据瑜伽经典记载，人的躯体是七年一变化，意即七年我们的躯体就发生变动。想想我们从出生经历童年、少年、青年、中年直至老年，躯体就是按自然规律变化，不可能逆转的。但唯一可逆转的是纯真无邪的思想。因为通过修炼心灵瑜伽，不论你年龄多大，只要愿意修行，思想定能返璞归真。历史上，一代瑜伽大师苏卡德瓦哥斯瓦米，他从生到25岁就一直未穿过衣服，但他却是《圣典博伽瓦谭》的瑜伽经典的讲述者，当时全世界的圣哲都从四面八方来聆听他的教导。从躯体角度看，他已是成年，但从他的思想上却没有丝毫物质污染，甚至他已超越了男女躯体理念，达到纯一的思想境界。所以他哪怕从小到大都是裸体，不论赤裸裸从东方行到西方，有识之士都知道他是一个超越俗世的圣人。甚至女性见到他也不用回避，因为他已超越男性和女性的分别，因为他的思想保持纯洁。

今时今日，不论东西方都会有不少裸跑、裸行、裸泳等行为，这些行为当然有不同的目的和动机，但终因思想未达到纯一而变成嬉戏一场。道理很简单，你思想上还有男女分别，你裸体一时又裸不得一日。所以躯体的赤诚，远不及思想的赤诚，故孔子说过，君子坦荡荡。共产党员提倡全心全意为人民服务。瑜伽之父奎师那说过，知觉纯洁之人，其躯体自然洁净。都是倡导思想纯真。

## 第 21 篇

# 住玻璃房怎向人扔石头

住玻璃房怎向人扔石头，这原本是修行人的一句箴言。即时刻提醒自己修行还未达到完美，没必要去指出同修们还存在的缺点。时至今时，恐怕这句话已成为现实生活中的真实写照了。通常情况下，父母指正孩子、老师指正学生、领导指正下属是天经地义的事情，但前提是指正者必须是以身作则，才能有力量去指正他人，否则被指正者是不会那么容易接受的，甚至会反击。关键问题就在这里了。若是作为指正别人者不能以身作则，就丧失了说服力，久而久之，被指正者也就放任自流了。指正者也不了了之。

学习瑜伽，我们提倡应多看别人的优点，学习每个人的优点，容忍别人的不是，祷求别人的缺点能改正。好比医院，基本上住在医院里面的人都是有病才住进去，只是病有轻重不同罢了。故作为医生应有怜悯之心才能帮助病人早日康复。同样，我们生存于世，品格、人性上或多或少都会有不同程度的缺憾，应基于爱去帮助别人改正缺点和错误，才能达到目的。所以，作为瑜伽老师，在帮助学生进步时，有两点应该牢记：一是以身作则，二是基于关爱。这两点也适合于其他老师、父母、领导者等，因为他们作为长辈，天职就是要履行责任去帮助别人进步。就像医生天职就是帮助病人康复出院一样。故瑜伽之父奎师那说过，作为老师，身教重于言传，榜样胜过雄辩。

## ·第 22 篇·

## 忏悔是人类的宝贵财富

人和动物的根本区别之一，就是人能为自己的所作所为忏悔。人之为人，忏悔是最重要的。忏悔不是在股市跌落中后悔没有及时出手购买；忏悔不是在商店折扣中错过购买优惠产品而难过；忏悔不是错失楼市低价时购进而不乐。这样的忏悔，每日都可以有千千万万的情景。但对我们的生命有多大的帮助呢？真正值得我们忏悔的是，我们宝贵的时间，尽浪费在感官享乐上，而忘记了生命的终极目标。生命是无价的，总有一日你会发现任何分量的黄金都不可能换回多一分一秒的寿命。人的生命更是罕有，是用来觉悟生命的意义的。因为只有借着真诚的忏悔，我们才能获得觉悟，觉悟到我们生命的宝贵。

忏悔是从人类创造之始已存在。忏悔是人类文明的开端。忏悔是明白人体生命目的后而作出的表现。包括中国孔圣人也有讲过"吾日三省吾身"。这反省也即忏悔的意思。只有通过忏悔，我们才能获得人体生命的实质利益。动物的生命是没有忏悔这事情的，故此它们也谈不上觉悟，吃喝玩乐就是它们生命的全部了。但人之为人，就是要通过修行忏悔，以获新生，回归慈善本性。忏悔不是后悔失去多少赚钱致富的机会，而是觉悟到自己的行为处境离生命的崇高目标遥远而深感内疚，从而激发起奋发向前的动力。这是人类宝贵的财富。

瑜伽静思可以让你获得这巨大的财富。就是通过瑜伽修行，冷静下来，思考人生，忏悔自己，觉悟生命，重获新生。正如瑜伽之父奎师那说的，当我们改变不完美的思想觉悟，重获人生完美思想时，就是生命的第二次诞生了。

## ·第23篇·

## 但愿我们被警醒

有则故事：古时候，一个瑜伽师很出名，很多人都来拜他为师，其中包括一条蛇，也拜他为师。瑜伽师同样教导蛇不要再去伤害无辜，咬伤别人，潜心修炼。这条蛇也听从师嘱。过了一段日子，这条蛇来找老师，告诉老师，它是没有去伤害无辜了，但一些小朋友却经常来打扰它，向它扔石头，吐口水等，不知如何是好？瑜伽师笑着说，好，下次他们再来，你就举起头，装着要咬他们的样子，但千万不要咬人。这条蛇回去后，那些小朋友又来了，这条蛇便按老师的话去做，果然，小朋友都害怕，再没有来打扰它。

这则故事说明，自然界有时候对人类是需要作出一些姿态，使人能够觉悟的。联想到最近的"甲型H1N1流感"以及世界卫生组织公布的有可能涉及多少人被感染等消息，我们就当是上天给我们敲响的警钟，暗示人类应检讨自己的思想行动以及道德行为。凡事皆有因果，我们自己有病，要么病从口入，吃错东西；要么是环境影响，身心被污染。同样，若发生了多人群发病例，肯定有原因，即大家都有些责任，值得我们深思警醒。

修习瑜伽之人，更应讲究操守，要做到"真诚、洁净、刻苦、慈善"，拒绝一切"黄、赌、毒"，若整个世界能遵照瑜伽此八字箴言，病毒病魔就无处藏身了。

· 第 24 篇 ·

## 日食月食的来历

据说，以前天堂的神仙经常被阿修罗（即恶魔，拥有很多神秘力量）骚扰，故也经常会发生战争。神仙们便求助于创造之主维施纽。创造之主维施纽建议神仙们和阿修罗门合作，一起搅拌孕诞之洋，以取长生不老甘露，双方通过合作，既得和平又得永生。"但是，于我之见，阿修罗本性难改，恐怕他们也是白费力气。"创造主维施纽最后说。之后神仙们和阿修罗达成协议，通过双方合作，阿修罗首先选蛇头，神仙们持蛇尾搅拌孕诞之洋，得到的东西按顺序分配。开始搅动，由于阿修罗们持的是蛇头，当蛇王身体被绞紧时，蛇口吐出热气，把阿修罗烧个半死，个个气急败坏。而手持蛇尾的神仙们因蛇尾在空中挥舞，却形成香云，时有甘雨洒落，所以工作得轻松愉快。搅着搅着，先后从海里搅出了不少吉祥物，双方已按顺序取走，最后，终于天医弹婉塔利（Dhanwantari）手托长生不老甘露罐子出现，本应由神仙们取走然后分配，但阿修罗们不肯，非要他们来分配。这样，阿修罗们就先打开罐子，这时，从罐子口飞出一位美丽少妇，阿修罗们立即被少妇的美丽所迷倒，于是忘记喝长生不老的甘露，纷纷追着美丽的少妇，就这样，神仙们都品尝了这长生不老的甘露。但是当时，在半神人分享甘露时，有个恶魔名叫罗喉（Rahu）扮成半神人的形貌混到半神人中也想喝甘露，结果被太阳神苏利耶（Surya）与月亮神禅陀罗（Chandra）发现，急忙向维施纽报告。维施纽立刻射出神碟，可是罗喉喝的甘露已吞到喉咙了，头就被割了下来，不过身体虽然死了，头因为有喝到甘露而得永生。于是他大叫一声，飞到空中从此恨日月入骨，所以随时追着日月，一追到就把日月吞食，因为没有下身，吃掉不久就会掉出来，这就是日食月食的原因。罗喉星为一黑暗星，死掉的身体则化为计都星（即彗星），皆为不祥之星。

印度每当发生日食月食时，印度人都会选择到恒河沐浴，以求净化。故瑜伽之父奎师那告诉瑜伽学生，凡发生日食月食当天，应该多祈祷、多念诵、持斋戒等。

## 第 25 篇

## 欲望启示录

有则故事讲的是一个男人，晚上务农以后，来到森林的一棵树下乘凉，微风吹拂本来就很舒服，他却突发奇想：如果有一间漂亮的房子住在里面该有多好啊。刚一想，漂亮的房子就出现了。他惊奇之余又想，这么好的房子，如果有一位漂亮的妻子就更好了。刚一想，年轻漂亮的妻子就出现了。他更惊奇不已，转念又想，再有一堆金子就更好了，刚一想，一堆金子就出现了，他见到这么多金子，高兴万分，四周一看还是在森林。突然想到万一有老虎怎么办？刚想到老虎，老虎就出现了，结果老虎把他给吃掉了，最后他什么也没有得到。其实这个故事启发我们，不要好高骛远，得一想二，欲得尽一切，结果弄巧成拙，事与愿违。

要知道人的欲望是无止境的，记得改革开放前期，一般人拥有一辆自行车就感到满足，但随之不久，觉得拥有一辆摩托车会更好，而随之不久，又觉得拥有一辆小汽车更好，现在更希望拥有一架飞机更好，这好比以前中国人都觉得移居香港生活最好，谁知到了香港，才知道香港人最希望移民去加拿大生活，而他们到了加拿大，才知道别人最希望移民去美国，而到了美国才知道美国人最喜欢是上天堂生活。这说明：

一、人的物质欲望是没有办法满足的，欲望就好像一堆火，如果向火投任何分量的木材，都不能满足火。

二、我们的知觉容易被外界误导，总以为别人拥有的生活就是最好的。谁知当我们历尽千辛万苦得到了，才发觉不过如此，满足感随着时间很快消逝。欲望就好像天上的星星，天上的星星无论怎么数也数不尽；欲望一样，一个接一个永远满足不了。

瑜伽讲究的是生活俭朴，思想稳健，提倡满足于目前拥有的，不在乎没有的，更不做非分之想。瑜伽之父奎师那说过："不为欲望滔滔不尽之流所拢，就像海洋纳百川之水，依然波平浪静，只有这样的人才能心平气和，而试图满足这些欲望的人，则永远不能达到。"同时，欲望不会自动停止，但可以通过瑜伽将欲望转化。好比电能，既可制冷也可变热，就似空调一样，随着电能的调控空调可以使室内变冷也可以使室内变热。同样，欲望可以成为人生最大的障碍或敌人，也可以成为生命成功最大的动力或良师。这就视乎人有没有好的欲望。只要怀着一种索取就是为了更好地奉献于人类社会、造福人生的心态，就是最好的欲望。

素食真经

想拥有善良的道德品质思想，快乐的活动工作状况，请选择正确的瑜伽饮食法——素食。

## 第 1 篇

# 食物决定行为

瑜伽作为一种生活的真理，包罗了天地真理，世事万物，自然也包括了饮食观。中国有句古训："民以食为天。"意谓食是人生天下（头等）第一大事。通过下面的瑜伽饮食观，我们会发现选择食物是何等重要。

首先，瑜伽将食物分为三类形态：①善良形态食物。②激情形态食物。③愚昧形态食物。人在选择不同形态的食物时，也选择了人生不同的品性、思想、活动、智慧等。

瑜伽之父奎师那在瑜伽经典中举例——

愚昧形态食物：腐烂、变坏、淡而无味、脏、臭鱼肉、禽、蛋，煮了超过三个小时后才进食的食物。

激情形态食物：太苦、太酸、太咸，刺激，干而且辣，带来痛苦、懊恼、疾病的食物。

善良形态食物：全素：五谷、水果、蔬菜、牛奶及奶制品等，延年益寿，净化存在，带来力量、健康、快乐、满足。

从以上分析来看，选择不同的食物，产生的思想品质、行为结果真有天渊之别。众所周知的"非典"、禽流感等诸多病毒，已影响危及全人类。假如有肺病的人吃过的食物你接着吃，你很容易就会得肺病。同样的，你吃的动物有这样那样的病毒，你也很容易会得这些病的。那些动物的病又从何而来呢？其中有从人类屠杀生物产生恐惧而来。若你每天生活在恐怖分子的恐吓中，自然也会吓出病来。奎师那已在五千多年前通过瑜伽告诉我们，瑜伽素食可以达到和谐的人生。

想拥有善良的道德品质思想，快乐的活动工作状况，请选择正确的瑜伽饮食法——素食。人生路漫长，食是第一步，第一步错了，就好比计数一开始就算错了，哪怕以后算得再正确，结果还是错误。故此，请选择瑜伽素食——善良形态食物，这样将使你拥有善良的品质、思想、活动、人生。

在社团节期间，不少社团精心组织了各具特色的活动：

复旦青年法学会举办了传统精品项目——模拟法庭。亲临其境，让你深感法庭的尊严。同学们以剧本为样板自编自导，唇枪舌剑，尽显英姿；为了更好地与台下同学互动，随机抽取12位观众组成了陪审团，由他们作出最终的裁决。参加活动的近300位同学来自各个院系，另外还有来自华东政法学院和海事大学的同学们前来观摩。

复旦大学素食协会举办了一场内容丰富的"印度文化节"，在宣传印度素食文化的基础上，让同学们从艺术、软件、瑜伽等各个不同的角度来对印度文化有一个更加全面的认识。活动分为多个板块。当天上午在校本部的篮球场举行"恒河畔的文明——印度文化展"，通过图片、实物和文字向同学们展示印度的素食文化、地域风情、瑜伽文化以及现代印度的软件业发展；活动期间举办的瑜伽讲坛，请来了印度韦达文化中心驻中国首席代表李建霖先生、印度恒河瑜伽学院中国代表唐卫民先生和中央电视台瑜伽节目讲授者卓从先生，带我们一同走进神秘的印度文化。由素食文化协会与健身协会联合打造，邀请印度瑜伽大师现场教授原汁原味的瑜伽，同学们在大师的指导下，一起体验了瑜伽的无限魅力。

另外，爱心义卖活动也穿插期间，有一些印度文化方面的书籍和礼品义卖，所得款项全部捐给复旦团委支教云南与宁夏的希望小学。

参加此次社团节的师生纷纷表示，要加强合作，共襄复旦社团盛事，肩负起传承与超越的历史使命。

·第 2 篇·

## 印度瑜伽素食

素食本身已很讲究，瑜伽素食就更有学问了。

瑜伽将食物分成三大类型：一、善良形态食物；二、情欲形态食物；三、愚昧形态食物。若食物出身到成长都伴随着阳光的，属于善良形态食物，例如五谷、蔬菜、水果等土生土长的。若食物生长在海底及味道很浓很刺激的，属于情欲形态食物，例如海带、菇类等。若食物是腐烂、变味、躯体等，则属于愚昧形态食物，例如鱼、肉、禽蛋。

瑜伽素食讲求的是心态，首先从播种那一刻开始怀着平和、知足、感恩之心，接着到收割、烹调、供奉、分派、品尝。整个程序都是这样，否则会影响食物的质量。例如若烹调者当天心情不好，煮出来的食物肯定会受到影响的。因此整个过程都是怀着平和、知足、感恩的心去操作的，特别值得一提的是，他们烹调好后都会先供奉食物给瑜伽之父奎师那，就像我们吃饭前都会先供奉给祖先一样。

印度瑜伽素食者都是席地而坐，很环保卫生，通常右手用来进食，用香蕉叶做盘子，用碗装汤水，这样就不会用到一次性筷子、杯子之类的非环保性用品。接着用餐一般四十分钟，都是细吐慢嚼的，放在口里的食物通常建议咀嚼三十次以上再放进肚子里，其实也挺有科学根据的。到最后肯定是甜品，因为最后是甜品胃容易接受和满足，使每个进餐者都会感到满足。

归根到底，瑜伽素食法就是希望通过舌头来达到控制感官的目的。因为在人体所有器官中舌头（口）是最难控制的，所谓病从口入，祸从口出，就是因为控制不了舌头（口）乱吃东西，病就来了，出口伤人，祸就来了，天下祸根皆源于控制不住口。

舌头（口）、心意、生殖器官是成一直线的，第一关就是舌头（口）。所以提倡选择善良形态食物是好的，因为进食善良形态的食物会带来善良的心态、思想及行动。

· 第 3 篇 ·

# 每年母亲节，中国食素日

2009年5月4日下午2：30，广东《美食导报》、中华素食协会等机构联合举办了广东素食文化慈善论坛，到场嘉宾近三百人，包括从台湾、北京、福建、山东、广东等地赶来的嘉宾，广东省内的各大素食店代表均有出席，这么大规模的素食文化论坛，省内应属首次。由于受"猪流感"的影响，人们对素食文化越来越关注，大会更是倡议每年母亲节为"中国食素日"。

选择素食，是一种自然饮食法，自然饮食就是吃土生土长的五谷、水果、蔬菜、豆奶制品等自然健康的食品，比吃肉类食品更安全。因为肉类动物一旦患有某种疾病，人吃下去自然会被传染，这也是常理。之前的"疯牛病"、"禽流感"、"非典"等均与动物有直接联系，另外选择素食是让人拥有慈悲心的一种健康生活习惯。"百善孝为先，孝以素为先"，意即回报亲恩有多种多样，而选择将素食的功德回报父母确是一种很大的报恩举动。每年5月的第二个星期日是母亲节。母亲，不仅我们有母亲，万物皆有母亲，天下动物也有母亲。我们懂得关爱母亲，也需要母爱，其他动物何尝不是如此呢？正道是："劝君莫打枝头鸟，子在巢中盼母归"。所以我们提倡每年的母亲节为中国食素日，来回报母亲，同时让更多生物也共享地球的美好节日。

作为瑜伽修行人，素食是必不可少的，善待父母更是重中之重。若父母都不能善待，还能指望善待其他人吗？故瑜伽之父奎师那说过，不论你多么伟大，都必须善待父母。

· 第 4 篇 ·

## "花城"素食日

据报道，被称为"花城"的比利时根特市宣布将每周星期四定为"素食日"，鼓励市民在那一天不要吃肉类而改吃素，此举为的是对抗肥胖、全球变暖和虐待动物等问题，得到了很多国家素食主义者的大力支持，不少城市也表态说考虑推出全民素食计划，我国农业部也根据广东提交的方案，向国务院提出申请，将每年6月6日定为"放鱼节"。

而广州同样也有"花城"美誉，更希望能建成广东首善城市。在此，笔者建议，若市政府也能尝试推广市民每周或至少每月素食一次，甚至每月组织一至两次派斋（派素食）活动，那效果就更显著了。因为有资料显示，一个城市在素食日或是派发素食的时间里，犯罪率下降，公民从善如流的意识也极大增强。

日前，素食协会已连续多次和"莲花御品"素食馆于光孝寺、大佛寺等地免费派发。虽然是点滴的爱心，但无论从赞助者、义工派发者，还是接受爱心素食者，均由衷地感觉到和谐与喜悦。但愿此类活动能得到政府认可及社会更多人士参与。

瑜伽人都知道，古今中外著名的瑜伽师都是素食的，基本上修习瑜伽一段时间都自然喜欢上素食。因为它自然、健康，而且吃得心安理得。故瑜伽之父奎师那说过，为了免于一切不好的反应，人应该选择进食净化身心的素食，这样能促进知觉的净化，使人长寿。

· 第 $5$ 篇 ·

## 素食经

### 数字"一"：代表万源之源

生命、物质、知识、智慧等均有源头。在素食知识中，必须确认也有知识源头，不可无中生有。在不可追溯的年代起，就有知识之源，称作《韦陀经》，韦陀译作文化，意即文化的经典。它是伴随着宇宙生命的诞生而来的经典，里面记载了人类文明生活的依据，就像电脑出厂肯定伴随着电脑使用说明书一样。其中提到了作为文明人应该素食。所以，现在所有有关素食的正确知识都应来源于知识之源头。从古至今，接受知识就是通过从正确途径聆听，然后确信。好比老师讲1+1＝2，学生就全然接受这知识。或者妈妈告诉孩子，谁是他的父亲，孩子也全然接受。同样，现代人接受素食，基本是从聆听和阅读开始。好比现在医生、老师、家长告诉病人、学生、孩子，素食更有益于健康成长，他们接受就行了。不接受就要自己试过才会相信。例如家长讲粪便是臭的，聪明的孩子完全接受，但总有些非去嗅过才相信。总之，我们每个人都应确信素食是利国利民利己的。

### 数字"二"：代表相对性也称二元论

相对性意即对比，好比百万富翁比穷人要富有，但比起亿万富翁就不算富有。素食者只是相对非素食者从饮食健康，饮食心理，生态环保等元素来讲更好，但并不代表智慧，知识，美貌等就比非素食者好或高。好比动物中的大象、猴子、牛、马等也是素食，但并不是讲它们的智商较高。

**备注**：作为《韦陀经》中的阿育韦达即自然疗法，也有食物相对论，即按照具体人体的属性，例如属水、土、火等，吃相生的食物，不吃相克的食物，因为食物也有分属性。

### 数字"三"：食物三形态

世间所有食物都分为三种形态：善良形态食物、情欲形态食物、愚昧形态食物。顾名思义，吃善良形态食物变得善良，吃情欲形态食物变得激情，吃愚昧形态食物变得愚昧。凡是见阳光，土生土长的食物，好比水果，五谷，蔬菜，豆、奶制品等称为善良形态食物。这些食物能延年益寿、净化存在，带来力量、健康、快乐、满足。滋养、甜而多汁，使人壮健，美味可口。含刺激性元素或不见阳光，长年生长在海中的植物也属情欲形态食物；这种食物太苦、太酸、太咸，刺激，干而且辣，是带来痛苦、懊恼、疾病的食物。愚昧形态的食物，腐烂、变坏、淡而无味、脏臭、不洁净；煮了超过三小时后才进食的食物；肉、鱼、蛋、酒等。因为选择食何种形态食物会直接影响到每个人的心情和身体等，所以智者首选善良形态食物。例如：水果蔬菜等也有生命，人将它们供奉给神佛以后，它们是带着喜悦的心态，所以你接受了喜悦善良形态的食物；动物被宰杀时带着愤怒、恐惧、惊慌的心态，所以人就把它们的愤怒、恐惧、惊慌一同吃进躯体内了。

### 数字"四"：四个基本生活原则

素食代表慈善。而在人类生活中，仅是素食慈善是远远不够的。就像房子不可能靠一根柱就可以建成，任何一幢房子的落成必须有四根柱以上。同样，人类健康和谐生存也有四项基本原则。一是慈善，不要使用暴力；二是真诚，不要赌博；三是洁净，不要有非法的男女性关系；四是生活简朴，不要吸毒，远离烟酒。任何一个有志在人生道路上健康前进的人都应遵守以上四项原则。

**备注：** 1）吃鱼、肉、禽、蛋食物。这类食物充满情欲和愚昧。一个人要是吃这类食物，就是对那些孤弱无助的动物施行暴力。

2）赌博。总是会刺激起人的欲望、贪婪、嫉妒和仇恨之心。

3）使用麻醉品和酒类饮料。毒品、酒精、烟叶，以及任何含有咖啡因的饮料和食物，都会过分刺激感官，麻醉心灵，使人们不可能去理解或遵循健康生活的原则。

4）非法的性行为。指婚外性生活。为享乐而过性生活会强化一个人的肉体意识。瑜伽经典教导说，性生活是把我们束缚在物质世界的最强大力量。任何一个有志于健康生活的人，都应该杜绝婚外性行为。

**数字"五"：人体五个重要感官，听觉，视觉，味觉，嗅觉，触觉**

这是至关重要的一环，因为人生所有成功与失败全都在看你怎么安排这五个感官了。吃什么，听什么，看什么，嗅什么，去什么地方触摸什么东西。

一个人的身体或精神出了问题，归根到底就是没有控制好这五个感官，一旦听到不好的、看到不好的、吃了不好的、闻到不好的、去到不好的地方或触碰到不好的事物必引起后患。所以一定要控制好此五感官。听圣哲讲课，看经典，品尝素食，闻净化清醒的香味，脚到圣地朝圣，手指触碰修行人。这就是感官最好的用途。

**数字"六"：六大生活规律**

有规律地饮食，有规律地作息，有规律地清洁，有规律地运动，有规律地娱乐，有规律地修行。

身体也是一个小宇宙，整个宇宙的运作是有规律的。规律意即有更好的控制者。宇宙若没有最高的控制者，可以想象将会紊乱，会火星撞地球。同样，人体这小宇宙若人不好好掌控，同样会导致紊乱，招致行为、思想等紊乱出差错。因此要按规律行事。所以即使素食，也要有时间规律，安排饮食适度，每餐饭在30~40分钟之间，要细嚼慢咽，不要过快，不要吃得过多或太少。就像病人住医院，就要按医嘱，按时作息、吃药，同时要忌口，有些东西不能吃一样，这样是为了身体早日康复出院；同样，我们为了思想早日康复也应该持素。

### 数字"七"：代表人体七轮，人类七个母亲

（一）代表人体七轮

什么是七轮？顾名思义，是七处与周围有连带关系的地方。所谓七轮，就是：顶轮、眉间轮、喉轮、心轮、脐轮、腹轮（生殖轮）、海底轮。

1. 顶轮：位于头顶百会穴，与脑部的松果体有关。

2. 眉间轮：位于脑的正中，被称为"第三只眼"。

3. 喉轮：位于喉头附近的腺体中心，包括甲状腺、副甲状腺、液、扁桃腺。

4. 心轮：靠近心脏附近腺体中心，包括胸腺、心脏、肺部、淋巴系统。

5. 脐轮：位于肚脐附近的肾上腺、前列腺、胰腺，胰腺控制着胰脏和肾上腺的分泌。

6. 生殖轮：位于生殖器的"性腺"，包括男性的睾丸、女性的子宫、卵巢。

7. 海底轮：介于肛门与生殖器之间，即会阴穴，是基础底轮。

此七轮重中之重在于要控制好喉轮，如果我们吃善良形态食物，读经典书籍，唱颂经文，那其他六个都可以控制得好，反之都会乱的。这七轮是一条线垂直的。比方一个人喝酒过多，就是没有控制好喉轮即舌头，这样思想神经即顶轮会思想错乱，接着就往往易出差错了。所以，人要把持好舌头，只要坚持素食和颂经文，这样就肯定能控制好全身器官。正所谓一夫当关，万夫莫开。

（二）人类的七个母亲

人类的七个母亲是：生母、乳母、婆罗门的妻子、灵性导师的妻子、国王的妻子、母牛、大地。

1. 亲生母亲：这是灵魂来到这个星球上首先接受到另一个灵魂庇护的地方。是母亲提供了出生前的居处——子宫，并和那婴儿分享一切。血液、营养、情感、智慧、生命力，生命中的一切，并且出生后继续无私付出一切来照顾这个孩子。

2. 保姆或奶妈：同样是悉心照顾孩子成长的人，他们视孩子为己出，倾心养育。

3. 皇后：就是国王的妻子，一国之君，就如同国父一样，皇后自然就是国母了。

4. 灵性导师的妻子：灵性导师意指指导一个人生命达到完美的老师，一日为师，终身为父，老师的妻子自然是师母了，老师通常是很严厉的，但师母却以慈爱爱怀孩子，两者互补。

5. 婆罗门的妻子：婆罗门是古代属于从事教育和祭祀活动的智慧阶层，是伦理道德、法律章程、文化的权威，故他们的妻子也被尊为母亲。

6. 母牛：每个孩子出生成长基本都需要喝牛奶的，母牛提供了这种人类成长所需，故也被视为母亲。

7. 地球（大地）：地球母亲就如慈母一样，给予我们一切所需，食物、水、光、空气等，我们也应该学习古人对天地的尊重，不去违反大自然的原则，误用或破坏地球的资源，过量砍伐树木、攫取石油、制造各类污染、杀害地球生物。大地孕育我们，所以我们不应忽略对它们的照顾及爱护，日后更不要随地大小便、吐痰、乱扔东西。

作为一个现代文明人，要将以上知识运用到日常生活中去，规范自己的言行、礼仪。作为一个文明人更会除自己合法的妻子外，视其他女性为母亲给予尊重。这样就不会有歪念，天下母亲亦俱欢颜。（备注：牛好比母亲，吃牛肉被视为像吃自己母亲的肉一样。因为大多数孩子都是喝牛奶长大的，所以很多时候人宰杀牛时它们会流泪。）

**数字"八"：素食八项真知**

1. 素食就是爱神，爱佛，爱众生；

2. 素食就是感恩天地万物，感恩风调雨顺，感恩人类播种收获；

3. 素食就是要控制舌头，防止病从口入，祸从口出；

4. 素食就是要先供奉神佛后才感恩品尝；

5. 素食就是吃得心安理得；

6. 素食就是慈悲为怀，培养真爱；

7. 素食没有爱就没有什么意思了，爱没有素食也没有什么意思；

8. 素食就是真善美的饮食。

# 后记

## 瑜伽人的世界与节日

唐力

2015年6月21日是联合国颁布的第一个世界瑜伽日。据新闻报道，当天世界各地有众多的瑜伽爱好者以不同的方式来庆祝。世界这么大，节日这么多，每一个节日都有独特的纪念意义，所以世界瑜伽日就是希望世界变成瑜伽精神所倡导的真善美的世界。

瑜伽人的节日里，众生和谐，素满全席。我们应该欢欣起舞，尽情唱颂。世界本身就有着黑夜和白天的轮回，短暂和永恒的变换。我们要坚信阳光是永恒的，之所以存在黑夜，是因为我们还没有看见阳光而已。同样，快乐也是永恒的，短暂的快乐和长期的不满足都是我们自身造成的。只要我们多参与瑜伽运动，这一切都会好转起来，就好比在所有"0"前面加上"1"，所有或无数个"0"都会被盘活，变得有价值。瑜伽代表着真善美，如果在生活中加上真善美，一切都会在不自觉中变得十分美好，正如瑜伽之父奎师那说的那样，莲叶居于水中却不被浸湿。同样，我们只要把瑜伽之光带进生活的每个角落，那世界就会变得越来越完美。

此书能出版发行，我感恩所有的明师前辈，是你们用知识的火炬照亮了我前进的人生之路；感恩我的父母，给了我无比的关爱；感谢我身边的良师益友，一直以来对我的支持与厚爱。哈瑞·奎师那！

2015年8月25日

# 国内知名瑜伽老师介绍

周涛，国际级健美、瑜伽裁判，资深健身、瑜伽导师。中国瑜伽联盟管理委员会主席，国际塑形健康瑜伽连锁机构创办人。深圳健美健身运动协会秘书长，上海首届国际瑜伽大赛副裁判长，首届中国时尚形体舍宾大赛评委，深圳健身、健美、瑜伽各大赛事裁判长，惠深首届瑜伽艺术节裁判长，历届瑜伽丽人大赛评判长。具有20年的瑜伽教学与管理经验。

李好平，平和健身瑜伽培训学校始办人，中国瑜伽联盟副理事长，澳门国际文化艺术交流协会副会长，香港金紫荆花国际肚皮舞大赛评委，国际东方舞大赛评委，中国瑜伽大赛多地多届评委，世界旅游文化小姐大赛多地多届评委，上海步欣瑜伽大赛副总监，惠州首届瑜伽健美艺术大赛总指挥。为2013年中国瑜伽联盟出版的印度瑜伽教练培训教程的图解体位模特。

黄玉娜，2009年开办纤静瑜伽总馆，2012年创立了纤静瑜伽品牌，成立揭阳市瑜伽协会及高级瑜伽教练培训基地。中国瑜伽联盟副理事长，中国第七届、第八届瑜伽丽人大赛评判长、中国首届瑜伽文化节大赛评判长、高级瑜伽教练导师。因为感恩瑜伽，所以传播瑜伽。多年来热心社会公益活动，多次组织发起慈善活动，得到社会的高度赞扬。

龚凡迪，新疆恒河瑜伽创办人，中国瑜伽联盟副理事长，高级瑜伽导师，国家二级心理咨询师，多次担任全国丽人瑜伽大赛评判长。10多年间，一直执着于瑜伽的学习与传播。通过多次的深造学习，再结合多年瑜伽教学和瑜伽养生的宝贵经验，对瑜伽体位、调息、冥想及人体的养生理疗有着独到的见解和实践经验。

陈柳军，2014年创办了粤西首家"纯正悠瑞瑜伽习练地"，是国际冥想大师斯瓦米韦达的亲传弟子。从首届至今连续担任中国瑜伽大赛的评判长。教学以私教、冥想为主，秉承瑜伽内在感受和动作的协调，以内心觉感天地万物的和谐融合，感悟宁静，在宁静中探索瑜伽真谛。

梁华敏，中国瑜伽联盟副理事长，2006年至2008年在贵州省民族歌舞团担任二级舞蹈演员，2008年至2009年在贵州瑞翼房地产开发有限公司担任办公室主任，2009年至2011年在重庆西征建设责任有限公司担任总经理助理，2011年至2013年在贵阳私营瑜伽馆（悠清瑜伽馆）担任馆长。

李艳婕，中国瑜伽联盟副理事长，第八届中国瑜伽丽人大赛评判长，芳婕瑜伽创办人及教练培训导师、心理辅导师。毕业于四川省文理学院舞蹈专业。从事瑜伽教学12年，精通哈他瑜伽、舞韵瑜伽，理疗瑜伽、心灵瑜伽等，尤其在减压、失眠及理疗上有深入的研究及丰富的教学经验。

何瑞娇，普宁美尔雅瑜伽创办人，中国瑜伽联盟副理事长，高级瑜伽导师，国家公共营养师，广东省认证委员会瑜伽评审员。2013年获得瑜伽丽人大赛优秀奖；2013年参加世界瑜伽发展及各项公益培训，同年11月获得国际注册职业技术瑜伽评审老师资格。洗去人生的铅华，获得心灵的重生！

孙和平，金蝉瑜伽创始人，中国瑜伽联盟副理事长，中山瑜伽协会会长。从事瑜伽行业20多年，培养出无数批国内外优秀瑜伽老师、普拉提教练及拉丁舞、交谊舞、肚皮舞教练；先后荣获湖北省舞蹈大赛冠军、世界华人艺术节"优秀园丁奖"、"艺术成就奖"、"瑜伽行业贡献奖"等，广东电视台等多家媒体先后报道了其传播瑜伽身体艺术文化的事迹。

崔生英，高级瑜伽导师，上海哈瑞瑜伽创办人，中国瑜伽联盟副理事长。2000年，师从国际瑜伽大师沈维德老师；2004年为中国CEO俱乐部的表演获得好评，其照片刊登在《艺术家》杂志上；2007年6月参加全国瑜伽名师个人表演，获得专家好评。在多年的瑜伽教练工作中，勤于研究总结，不断探索新的授课模式，倍受瑜伽爱好者的好评。

潘洁娜，印度合一认证高频觉醒者，中国瑜伽联盟心灵顾问，2012年全国瑜伽大赛评判长，国际瑜伽培训协会高级培训师，印度瑜伽国际联合会精英瑜伽私人理疗师。师从国内外多位知名瑜伽师，擅长呼吸法、艾扬格理疗、经络养生、昆达里尼能量瑜伽、禅定瑜伽等，有着丰富的瑜伽教学和教练培训经验。将瑜伽与禅学融合体验于身，引领众多朋友离病苦、得健康。

钟幸雨，中国瑜伽联盟理事，中国瑜伽、宾肚皮舞高级教练，广东省体育舞蹈与健美操教练。从事文化艺术传播工作20年，热爱瑜伽，崇尚美丽，尤其对人体形象雕塑有较高造诣，开创办心语瑜伽与个人形象设计工作室。1998、1999年度蝉联广东省体育舞蹈大赛全能冠军，1999年荣获中国华人化妆大赛创意奖。连续担任6届全国瑜伽大赛、广东省舞蹈大赛评委。

郝宁，2012年第六届瑜伽丽人大赛评判长，高级瑜伽培训导师，高级普拉提培训导师，瑜伽及普拉提高级老师，从业10年，培训经验6年。曾任徐州、南京、安徽、昆山、浙江、上海等多家瑜伽馆形象代言及教学总监。以巡回督导方式，辅导各瑜伽馆，跟随多位印度瑜伽及美籍大师人行，受传统印度瑜伽熏陶，注重丰富的瑜伽元素及力量与呼吸的完美结合。

迟玉静，晴海蓝天舞蹈教练培训学院创始人，延边瑜伽肚皮舞教练培训基地主教练，印度恒河瑜伽教育学院高级瑜伽导师，延边瑜伽协会会长，美国加州生命科学学院高级肚皮舞导师。2010年任上海市哈他全伽公所瑜伽大赛裁判，2011年任广州市印度恒河瑜伽教育学院主裁判并获过肚皮舞赛最佳演艺奖。

魏立民，获得藏印瑜伽上师资格，哈达瑜伽流派传承人。上海中医药大学气功研究所瑜伽健身课题组长及《瑜伽大全》委员会成员，为陆港台等多家媒体做瑜伽示范嘉宾及养生顾问等，上海交通大学研究生院特邀瑜伽讲座学者，《时尚健康》杂志全国"十大瑜伽教练"入选者和《外滩画报》十大明星瑜伽老师等。《瑜伽养生课堂》、《瑜伽气质课堂》丛书主编。

王艺璇，圣心瑜伽创办人，中国瑜伽联盟副理事长。自2010年起连任3届中国瑜伽大赛评判长，印度恒河瑜伽威海学院教学总监。曾到印度瑞诗凯诗等多所瑜伽学院进修，师从印度及欧美多名瑜伽大师，精心研读《瑜伽经》、《薄伽梵歌》等瑜伽经典。在10年的教学中积累了丰富的经验，并将其所擅长的人体学、经络学与瑜伽课程融会贯通，深受学员们喜爱。

曾志勇，2002年毕业于广东职业技术学院管理系；2008年毕业于郭健瑜伽导师班；2009年参加学习第一届生命EMBA研修班；2010年获国际瑜伽交流联合会国家3A级教师，国家级评审、考官。坚信瑜伽是给予生命真谛的金钥匙，为生命之花普照光能，达到身心的健康和美丽。

长安（Ann），国内较早接触Arusara瑜伽体系，为数不多的拥有国际授权资格的Arusara瑜伽导师，是Arusara瑜伽体系的知名传播者。2010年底开始跟随印度瑜伽真理上师Sadhguru（Shiva的传承者）学习，每年都远赴印度学习和修行，在能量层面上对瑜伽有了更深入的理解和经验。

张樱子，珠海梵樾瑜伽教练培训部负责人。2004年与瑜伽结缘，先后系统地修习了经典的印度瑜伽、舞韵瑜伽、理疗瑜伽、呼吸疗法、哈他精准顺位等，期间曾多次随国际瑜伽大师学习，积累了丰富的教学及培训经验，在教学及生活中不断精进研读经典，深入学习中医、太极和内观禅修，身心灵均得到了很大提升。

傅珍，静悦瑜伽创始人兼瑜伽教学总监，素食文化传播者。2004年学习并开始教授瑜伽，曾经跟随国内、国外瑜伽大师学习不同瑜伽体系（这些老师包括惠兰、艾扬格、OP蒂瓦瑞、莫汉、科雯、郭建等）并结合自己对瑜伽的体悟形成了独特的授课风格，深受学员喜爱。爱瑜伽，爱生活！

叶玲，2001年认识瑜伽，热爱瑜伽，10年后参加天地心韵瑜伽教练、瑜伽生活方式导师的培训和学习，并得到了王媛老师等优秀瑜伽老师的指导。10多年来一直将瑜伽文化融入生活，很感恩能以瑜伽教师的身份精进自己，服务他人，为瑜伽文化传播尽自己绵薄之力。

陶圣义，菩梵瑜伽创办人，亚协高级瑜伽教练。2007年入深圳国际瑜伽学院进修，同年在深圳景丽瑜伽学习阴瑜伽、三维瑜伽等，2009年学习催眠瑜伽，2013年跟随李晓钟老师前往印度学习艾扬格，2014年跟随陈蕙老师学产后恢复，2015年开始练习昆达里尼瑜伽。愿用我微弱的光芒，带给更多热爱瑜伽的朋友们前行的能量。

莫绮嫦，北京中国中医学院针灸专业毕业，后毕业于悠季瑜伽（中国）培训学院，师从印度瑜伽师莫汉等名师，从事瑜伽教学已8年。国际瑜伽研究院教练，亚洲瑜伽协会会员，美国瑜伽联盟会员；获得印度KAIVADHAM瑜伽研究学院瑜伽教师证，北京百川健康科学研究学院日式骨盆脊柱矫正压探法毕业证书。学习古人智慧，体悟生活，认识自我。

陈珍，2000年开始学习瑜伽，2002年开始担任大型健身会馆的总教练。2006年开始参加国际瑜伽研究院高级瑜伽导师班课程培训，后一直从事瑜伽教学，之后又赴印度瑜伽之都瑞诗凯诗各大瑜伽学院进修。2008年至今在加拿大SAHAJ安大略馆担任瑜伽老师及私教老师。2009年回国，创办了龙岩OM瑜伽工作室。

张开心，国家人社部高级理疗师。现任中国大学生就业促进工程瑜伽项目发展中心学术委员会特聘专家。2003年获国家教育部瑜伽专业导师资格证书，2005年获国家级健身指导员技术等级证书，同年在深圳院校瑜伽相关部门教学指导表演的艺术培训。2007年考取世界瑜伽协会高级私人教练证书，并在该部门任技术指导。2008年任中国瑜伽联盟技术专家顾问。

张爽，全国首届十佳教练评委会委员，2013年恒峰杯瑜伽丽人大赛评判长。1998年开始练习瑜伽，2002取得"印度瑜伽与自然疗法学院"教练证书，2003在天津创办了首家专业瑜伽馆"释达瑜伽馆"，曾先后与多位外籍教练学习哈达瑜伽、艾扬格等瑜伽体系及到印度及澳大利亚进修学习瑜伽哲学、心理学、解剖学等。2009年至今连续六年印度游学，主修奉爱瑜伽。

李凡，国家二级健美操指导员，高级私人教练。2003年获河南省健身小姐B组冠军、最佳形体奖和最佳表现奖；2000年初成立了LISA瑜伽工作室，研究和修习瑜伽，亲赴印度"瑜伽之都"瑞斯凯师进修瑜伽，并首次将瑜伽课程带入郑州的健身会所。在2003年接受新西兰LES MILLS国际健身体系的专业培训，并获得三项国际认证的教练证书。

王薇（VIVIAN），毕业于印度恒河瑜伽学院珠海分校天瑜伽园，2011年在天瑜伽园代课至今。先后曾参加闻风家老师的呼吸疗法、瑜伽解剖、阴瑜伽培训及广州艾扬格瑜伽学院艾扬格大师认证老师的哈他体位培训、王志成教授的瑜伽哲学讲座、印度籍老师荷马仕老师的哈他体式的培训、景丽老师三维瑜伽公开课程、瑜伽年会《博伽梵歌》经典培训讲座等。

李婉慈，从小喜爱舞蹈，2009年开始培训导师，2010年获中国瑜伽丽人大赛女子专业二等奖，2013年担任恒杯瑜伽丽人大赛封面代言人及评判长，2013年参加瑜伽世界发展及各项公益培训。洗去对别人的怨恨，记住别人对我们的恩惠！试着做每个人的恩人，把每个人当作自己的恩人！

吴秋娥，2003年开始练习瑜伽，从事瑜伽教育事业近5年。获得国际瑜伽教育协会高级瑜伽导师、高温瑜伽导师、艾扬格和阿师汤伽基础导师等证书。

傅丽君（Vishahka），中国瑜伽联盟会员，荣任2011年瑜伽丽人大赛评判长，获得体博会瑜伽行业贡献奖。2004年接触瑜伽，系统修学了传统的哈他瑜伽等，在教学中结合中医养生及心理学内容作为引导，将瑜伽更渗入生活化。先后创办了韵美瑜伽工作室（印度恒河瑜伽授权店）、沙井康美坊瑜伽馆、圣梵思瑜伽中心。2011年有幸参加首届中印瑜伽峰会，接受艾扬格老师及其弟子的亲授。

邓霞，中国瑜伽联盟理事，国家一级健身健美裁判员、指导员，仙妻瑜伽私人会馆创始人及首席培训导师，天竺瑜伽特聘瑜伽培训导师，瑜伽高级理疗师，产后康复师，垫上普拉提培训师，高尔夫体能训练师。从事瑜伽教育工作10多年，在教学过程中，善于研究总结，不断探索新的授课模式。帮助别人，快乐自己。

房莹，清远市瑜伽协会副会长，中国瑜伽联盟副理事长，高级瑜伽导师，形体仪态塑造专家，迷尚瑜伽服饰形象代言人，粤商房莹瑜伽女子学堂创始人，禅清女子会所女德心灵课程讲师，天瑜伽园形体舞蹈礼仪指导老师，中国瑜伽秀最具影响力形象代言人，尚·宫女子私人会所形体仪态培训讲师。

汪洋，北京火鸟瑜伽策划创办人、总经理，中国瑜伽联盟策划顾问。因自身受益于瑜伽，加之对瑜伽的热爱，八年来全身心专注于瑜伽、健身行业的市场策划，对瑜伽的运营和教学以及市场的运作有着独到的见解，所帮助过的全国多家瑜伽会馆、瑜伽培训机构和瑜伽产品商都得到不同程度的改善。

梁雪芳，2009年开始修炼瑜伽，并获得瑜伽教练证书；2012年起，在珠海华发会所从事瑜伽推广活动和教学；2013年起，参与学习"帕巴瓦达斯、王媛、郭健瑜伽名师公益培训"和"各类灵性成长课程"，学会了活在当下、观察自己的内在修炼方法，并积累了许多瑜伽灵性、个人成长方面的体验。希望与相遇的每一个人分享，帮助他们获取身心健康与觉醒。

明爱华，中国瑜伽联盟理事，印度Arun老师的嫡传弟子。2007年毕业于亚洲瑜伽学院，世运会认证的国际瑜伽裁判员暨第五届北京国际瑜伽锦标赛十大中国裁判员之一，2009年中印瑜伽峰会十大瑜伽使者，美国瑜伽联盟认证E_RYT500资深瑜伽导师，被《瑜伽：优越人生》杂志评为全国优秀瑜伽老师，2014年作为中国瑜伽代表团成员赴印度参加中国文化交流活动。

刘枱伶，中国瑜伽联盟副理事长、裁判长，百校联盟发起人。2005年开始习练瑜伽，毕业于亚洲瑜伽协会，获得了高级瑜伽导师、高级瑜伽理疗师、热力瑜伽导师、高级肚皮舞教练等证书。曾担任广州市市总工会指定的瑜伽健身授课老师，并获得木荃老师的孕妇瑜伽资格证书和林燕儿老师的少儿瑜伽资格证书。曾参加北京第五届国际瑜伽锦标赛。

潘皓天，爱扬格瑜伽创始人，达州地区佛教协会副秘书长，中国瑜伽联盟副理事长，获有瑞诗凯诗国际瑜伽颁发初、中、高级瑜伽证书。

王兰，中国瑜伽联盟副理事长，恒河瑜伽汕头优伽馆导师培训教学总监。2000年开始习练瑜伽，2010年入学悠季瑜伽（中国）培训学院，师从莫汉大师，获印度Kaivalyadhama G.S瑜伽研究学院瑜伽导师证书。2007年起曾获亚洲瑜伽协会、拉谛国际瑜伽学院、Training Institution瑜伽学院等高级瑜伽导师、高级瑜伽理疗师、瑜伽身心灵导师等证书。

周景丽，景丽瑜伽教练培训学院院长，首席瑜伽教练培训导师，国际三维瑜伽授权培训导师，国家级运动健将，全国健美操国家级指导员。2004年亚洲及太平洋地区健身小姐大赛总冠军，三维瑜伽创始人Kali Ray亲传弟子，景丽瑜伽系列丛书作者，获多项瑜伽导师认证和培训师认证，拥有10多年瑜伽教学经验，被称为瑜伽行业的领航者。

邹海霞，中国瑜伽联盟理事，中山优美瑜伽创办人，从事瑜伽行业11年。感恩瑜伽，瑜伽的体式及素食纯净了我们的身体，瑜伽的哲学纯净了我们的思想，瑜伽的呼吸调伏着我们的情绪，瑜伽的唱颂让心灵更加纯净，瑜伽的冥想让我们回归到内在本源的真实至善与至喜中，深深地感恩这一切，愿用一生去分享瑜伽的美。

王志成，知名的瑜伽哲学家、瑜伽翻译家、瑜伽教育家。浙江大学哲学系宗教学研究所所长，教授，博士生导师。同时，还担任中国瑜伽文化研究中心主任。他首次在浙江大学为全校本科生开设了"瑜伽导论"公选课，这也是中国教育界的专业瑜伽课程。多年来，他着力于瑜伽专业人才的培养，促进瑜伽哲学当代的发展。

方铜，中国瑜伽联盟理事，千手印瑜伽创办人。2009年毕业于印度恒河瑜伽教育学院，本着慈善、真诚、洁净、刻苦的理念，多年来一直从事瑜伽教育工作；先后培训出上百名瑜伽高级教练。用瑜伽点亮内在的光，指引前进的方向。

李磊，瑜伽策划及李磊瑜伽创办人，中国瑜伽联盟副理事长。修习瑜伽10余年，多次前往中国西藏、印度及亚洲各国跟随国际知名的瑜伽导师深入学习瑜伽体式、呼吸法、冥想及瑜伽哲学。现在国内推行禅心瑜伽治疗及禅生活理念，并担任多个瑜伽大会授课导师。

罗小梅，惠城区瑜伽协会会长，惠州莲心瑜伽健身会创办人。8岁开始练习体操，连续两届获得广州市健身小姐冠军，被评为"中国十佳健身小姐"。拥有18年的教学经验，在专注习练瑜伽的同时吸收各流派的精华，并结合多年的教学经验，总结出一套有效、科学的瑜伽教学方法。以深入浅出、贴身指导的授课方式，正确有效地带领学员进入更佳的领域。

王洋，国家级运动健将，被四川省人民政府授予二等功一次。2013年在四川大学首次开设瑜伽课程，每年培养本科学生300多人。现任全美大学生高尔夫球冠军朱凯琳的瑜伽老师。2015年在"中国首届国际青年瑜伽大会"中担任主持人及"2015瑜伽运动大会"健康形象大使。2015年在"中国（成都）—印度国际瑜伽节"中担任"中印对话"中方代表嘉宾。

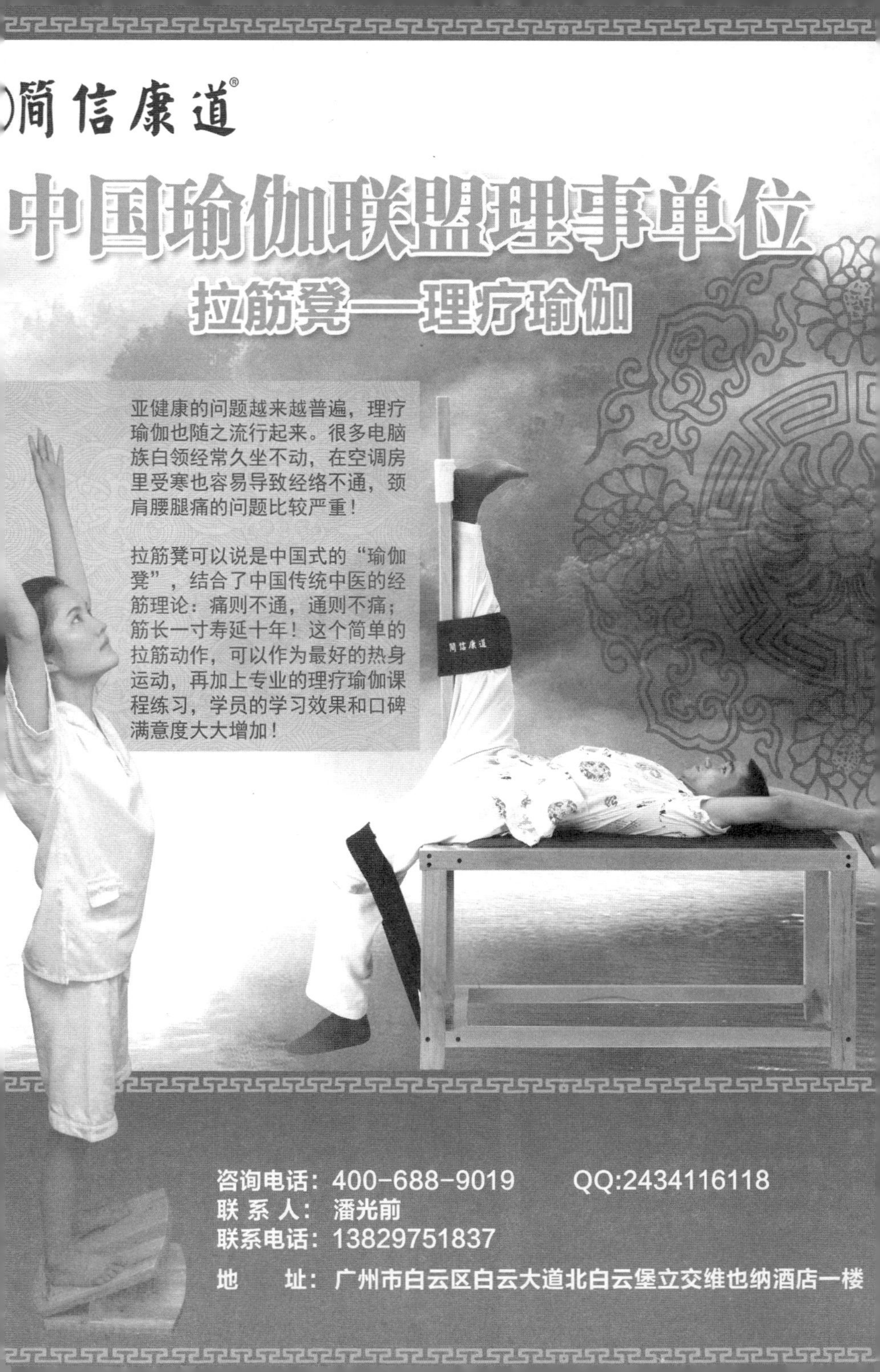

簡信康道®
中国瑜伽联盟理事单位
拉筋凳—理疗瑜伽
亚健康的问题越来越普遍，理疗瑜伽也随之流行起来。很多电脑族白领经常久坐不动，在空调房里受寒也容易导致经络不通，颈肩腰腿痛的问题比较严重！
拉筋凳可以说是中国式的“瑜伽凳”，结合了中国传统中医的经筋理论：痛则不通，通则不痛；筋长一寸寿延十年！这个简单的拉筋动作，可以作为最好的热身运动，再加上专业的理疗瑜伽课程练习，学员的学习效果和口碑满意度大大增加！
咨询电话：400-688-9019　QQ:2434116118
联 系 人：潘光前
联系电话：13829751837
地　　址：广州市白云区白云大道北白云堡立交维也纳酒店一楼

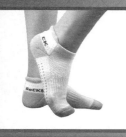